再见了，我的男孩

Good Bye,
My almost Lover

佩灵◎著

吉林文史出版社
JILINWENSHICHUBANSHE

图书在版编目（CIP）数据

再见了，我的男孩 / 佩灵著 . -- 长春 : 吉林文史出版社 , 2018.8
ISBN 978-7-5472-5114-0

Ⅰ . ①再… Ⅱ . ①佩… Ⅲ . ①故事—作品集—中国—当代 Ⅳ . ① I247.81

中国版本图书馆 CIP 数据核字 (2018) 第 116317 号

再见了，我的男孩
ZAIJIAN LE , WO DE NANHAI

著　　者	佩灵	
责任编辑	程　明　薛　雨	
装帧设计	格·创研社	
出版发行	吉林文史出版社有限责任公司（长春市人民大街 4646 号）	
	www.jlws.com.cn	
印　　刷	北京中科印刷有限公司	
版　　次	2018 年 8 月第 1 版　2018 年 8 月第 1 次印刷	
开　　本	880mm×1230mm　32 开	
字　　数	150 千	
印　　张	8	
书　　号	ISBN 978-7-5472-5114-0	
定　　价	39.80 元	

你在身后把门关上，
我从此孤身一人，
留在弥漫着我们失败故事的房间里。

目 录

这又是一个分手的故事

2007 年到 2017 年，这十年里我一直居住在深圳，作为一名不务正业的写作者，断断续续地为一些杂志写了不少爱情故事。落笔全凭喜好，写开头时从未想过要如何结尾。直到开始整理这本短篇集，才突然惊觉，原来这些年所写的故事都没有善终的结局。

也难怪，年少时，总以为最动人心弦的情节是分离。

我是个不太会谈恋爱的人，无法坦然地接受被爱的温暖，甚至在年轻时对寻一人终老的事没有什么兴趣。分离在我的眼里大约是一把出鞘见血的利剑，它的存在只是为了粗暴地将一段关系剖开、肢解，逼着我们去面对血淋淋的伤口。它会带来伤痛，带来撕裂，带来来不及被填满的空虚。于是，在那一段时间里，我们都找到了一个可以肆意妄为的理由，我们认为伤害自己或者伤害别人都是能被理解的，反正到最后时间会替我们解决掉一切。

　　但大部分人都没有考虑过另一个问题：等到时间愈合了伤口，留下的除了伤疤，还有什么？

　　《再见了，我的男孩》这本书包含了我在十年里写下的三十个关于分手的故事。有生离，有死别，有遗憾，也有等待，唯独没有圆满。

　　我们的人生不是一个盘子，圆满是一件多么艰难的事啊！爱上一个人总是有各式各样的原因，而选择离开，也许是不爱，也许是太爱。

　　MH370 失踪三年后，微博上出现了这样一个女人，她日复一日地更新主页，等待她的丈夫回来。即使分离已经一千多天，她的爱也并未因与他的分别而减少半分。微博上有无数人为她唏嘘，也有人捶胸顿足替她惋惜，他们围观、评论，七嘴八舌地劝说她要看开一点。虽所爱隔江隔海，但她本身就无须再寻那一艘渡船，因为分离从来都改变不了两个人相爱的事实，同样也满足不了她对破镜重圆的期待。

　　换个更乐观的角度想，这颗星球上一共有约七十亿人，我们在与一个人分开后总能遇见下一个人，未知的生活总比已经结束的事更值得人们去期待。我们在分离中成长，汲取教训，有了前车之鉴，这也是人类站在地球食物链顶端的原因。你比自己想象中更加强大，受过的伤，总会在坚硬的血痂下生出更新鲜更强壮的血肉，只是快或者慢的区别。

　　所以我要你相信，在爱过之后的分离其实是有温度的，也正是这种温度，让我们在独自舔舐撕裂的伤口时，可以获得更多令自己加快自愈的东西，例如独立、坚定、耐心、倔强；例如在承受着分离的同时依然怀抱着希望。

我要你相信，从来没有谁在离开一个人后会真的去死。你今天为他号啕大哭、情绪失控、要死要活的那个人，会渐渐退出你的人生，最后淡成记忆中一道可有可无的影子。

我要你相信，分离会令人孤单，但爱不会。因为爱就是那件若你相信，它就一定存在的事。

现在是 2018 年的夏天，我每日清晨驾车出门，经过宝安大道，挤在熙熙攘攘的车队中耐心等待。花都开得正好，灰色的浓雾漫过这座城市，有那么多的人在这里相聚，又在这里说再见，你不是唯一的那个。

我也深爱过一些人，和你一样。

我也告别了一些人，和你一样。

我终将会得到幸福，和你一样。

2018 年 6 月 19 日

于深圳

比莫拉克更残忍的膜拜

小镇的天气很糟糕。

夏姜露站在路边，架着巨大的摄像机，祈祷着厚重重叠的云层被风吹薄一点儿，好让她有足够的时间可以拍到即将经过地球的双子座流星雨。作为电视台的摄像师，最不好做的就是新人，卑微又廉价，因为没什么过硬的后台，最苦最累的事最后总会落到自己身上。

那天没有任何预兆，雨就"哗啦啦"地落下来了。当时摄制组的其他人都放弃了等待，躲在别克商务车里唠嗑、打瞌睡。只有楚河从车厢里拿出一把伞，冲过来罩住了她和她的摄像机。

有那么一瞬间，她感觉自己的心跳几乎暂停了。她低声说："谢谢你。"

"不客气，应该的。"

夏姜露抬起头，越过男人湿透了的肩膀，她看见天空灰暗的云层中，隐约有几串拖着星光陨落的烟火。

当天晚上，夏姜露请楚河吃夜宵，在小镇最繁华的一条步行街，油腻的小木桌支在路边，头顶是被雨点打得"噼里啪啦"的遮雨布。两瓶青岛，几碟小菜。小店旁边，一位抱着二胡的老人拉着不成调的曲儿，一只脏兮兮的黄色野猫在附近兜着圈觅食。

夏姜露显得有点儿拘谨，不时地挑起几片肉逗弄在脚边跑来跑去的小猫。半瓶酒下肚后，夏姜露脸上就浮起了红晕，她挺挺胸脯，一副很老练的样子说："楚记者，谢谢你平常这么照顾我。""不客气，应该的。"还是那句话，冷冷淡淡地保持了距离，但又显得友好。一名菜鸟摄像师和一名资深外景记者，他们之间其实没那么熟，至少还没熟到可以坐到同一张桌子上单独吃饭的地步，所以这不是一次成功的应酬。回宾馆的路上只剩沉默，追着路边昏黄的光，他们黑色的影子重叠在一起，像一只巨大的鸟沉默地降落在面前。

只是走到最后，前面的楚河突然回过头来："你一个小女生，怎么会想要做外景摄像师？很辛苦的啊。"跟在身后埋头走路的小女生被吓了一跳，愣愣地说："我没有想做这个，但是他们不招内景摄像师了。"

那是 2007 年，记者楚河对摄像师夏姜露展现的第一个微笑，映着浅淡的光，那笑容就晕染出恰到好处的温暖。

My cog

　　时光是充满力量的河流，洗涤着每一个需要磨炼的人格。但有的事，对于摩羯座的夏姜露来说是没有天赋的，例如办公室里的逢迎拍马。楚河，外景组的中流砥柱，不仅是主任记者兼节目监制，还有一个当副台长的舅舅。夏姜露经常觉得这个明朗的男人是一匹马，因为在台里，几乎是个女人都想上去拍拍。

　　他大抵也知道那些女人的用意吧，总是吊儿郎当，对她们爱理不理。人都爱犯贱，越是得不到的东西就越是念念不忘。她们媚态百生地对他示好，企图讨到一点他偶尔才施舍出的温柔。

　　很多个夜晚，当夏姜露结束拍摄赶回办公室剪辑当天的录影时，都会看见隔壁办公室的楚河在电脑前看台本，而旁边有一个正在等他下班一起去吃夜宵的女生。女生浓妆艳抹，坐在旁边的椅子上涂指甲油，浪费空白的 A4 纸叠千纸鹤，耳朵上挂着 MP3，一脸懵懂无知的甜蜜。

　　她有点儿心酸，倒不是因为吃醋，而是楚河的样子让她想起了自己的男友麦威。

　　忘了说，当时的夏姜露正爱着一个已婚的男人。那是一段没有结果的爱情，她知道。但有什么关系呢？没有事业亦无美貌，除了大把可以挥霍在这个男人身上的青春以外，她什么都没有。

　　那次，夏姜露凌晨两三点跟拍一队刑警抓捕逃犯，刚下过雨的山路崎岖不平，就在她即将滑倒时，警官麦威在身后扶住了她，并且拿过摄像机，牢牢地牵着她的手走了一路。女人最大的毛病就是把安全感当作是爱情。出差回来的第三天，她连夜搭乘夜班车去到麦威工作的小县城，在阴雨连绵的路边吻住了年轻警官的嘴，她说她绝对不会影响他的仕途还有家庭。男人只是犹豫了一下，手就放在了夏姜露的腰上。

当第三者这种挨千刀的事，绝不会有好结果。

5月初，夏姜露在市中心拍摄烂尾楼爆拆。她拖着器材刚走好机位，就有一个长发的女人冲过来，上前就扇她两耳光。这就是做第三者的下场，她自己活该，没什么好说的。但那女人还不解恨，从工地上随手抄起一块砖头就砸过来。还是楚河，横身挡在夏姜露的面前，肩膀硬生生地承受了这一击。白色的衬衫上，一团污浊的泥浆里渐渐渗透出鲜红的血迹。

"贱女人，他跟我说只是玩玩你。"女人朝她叫嚣后愤然离开。

她到街道对面的药店买了酒精和药棉，在只剩一片狼藉的废墟前给楚河上药。男人的肩膀肿了大半，乌黑紫亮得好像个馒头。他一言不发地坐在泥土里搂住她，借给她另外一半完好的肩膀。如果安全感也可以从别处借到，那么就让她暂时借用一下吧。

后来的日子，有种说不出的宁静。

工作依然很辛苦，但是作为新人，吃苦不怕，最重要的是有机会。她咬着牙把长发剪成了寸头，穿着宝蓝色的冲锋衣，整日扛着器材跟着外景组到处跑。他们去西部拍泥石流，去南方的大海追踪白鲸。而那个叫楚河的男人，每次都出现在她的镜头里，借着恰到好处的光，深深的影子落进她的双瞳中。

没有外景任务的时候，外景组的人就各回各家，各找各妈。夏姜露和楚河的办公室只隔着一道透明的玻璃墙，楚河喜欢在工作结束后继续留在电脑前打网络游戏，身旁是没有任何怨言的新女友。总有新欢，就和女明星千变万化的妆容一样，每次闪亮登场都给人不同的惊艳。

可是夏姜露，一名小小的摄像师，比起去过问同事的感情生活，她更应该埋头努力抓住一切机会表现自己，以换取年终那份不多不少的奖金。但他望向她的眼神，有时候又会让她出现幻觉，仿佛有一种正在潜伏的温情，已经落地生根，也迟早会有发芽的那天。

7月，麦威又跑回来找她，几乎是跪在她面前请求宽恕："给我时间，让我证明我有多爱你。"于是她回到旧爱的身边。点头的时候，她真的很想抽死自己，但转念又想，培养一段感情真的很难，既然有就不要浪费掉。

于是正牌男友麦威登场了。她带他去见同事，一起K歌吃夜宵。而楚河的身边也渐渐固定下来一个大眼睛的女孩，BOBO头，有一股低眉顺眼的味道。这时的楚河面对她不再拘谨，喝高了两人也会互相乱开玩笑，讲荤笑话，逗得在场的所有女生花枝乱颤。

2008 年 11 月，他们去唐古拉山脚下跟拍一路行长跪礼前去布达拉宫祈福的藏民。这些人，穷其一生的时光，耗费了无数财力，一路匍匐前行，却只有到最后才能见到自己的信仰。

在夏姜露的镜头里，楚河戴着墨镜意气风发地向前走。她默默地看着这个男人，突然觉得所有在爱情里随波逐流的女子其实都和虔诚的信徒一样。不管旅途是艰辛的还是充满了绚丽的风景，她们最终看到的都未必是想象中的模样。于是，想通后的夏姜露要做的第一件事，就是打电话甩掉麦威，她和那些在爱情里随波逐流的女人们不一样，她的感情好像是一段短短的路，站在开头就能看到结尾，没有继续膜拜的必要。

和麦威分手的事，楚河是知道的。当时她拿着电话站在氧气不足的高原上，很愤怒地朝电话那端嘶吼，因为缺氧，她的脸涨得通红通红的。刚挂掉电话，楚河手里小瓶的压缩氧气已经递过来了，他淡淡地说："分手而已，这里是高原，你别太激动。"夏姜露站在高高的小山坡上，抱着氧气瓶"苟延残喘"。脚下两米远的地方就是万丈深渊，但是她不害怕，因为楚河就在她的身边。

他总会拉她一把。

　　夏姜露终于等来了调回内景组的机会——做娱乐节目，待在二十五摄氏度恒温的空调大房里，有免费的咖啡、外卖小吃，和一群优越感极强的同事。

　　成功调职的那天，她请外景组所有兄弟喝酒，当然也包括楚河。在乌烟瘴气的摇滚酒吧里，她喝得好开心，天旋地转地往外面走，迎头就撞上了擦得透亮的玻璃门，玻璃稀里哗啦地碎了一地。那天楚河没有喝酒，他慌慌张张地开车送她去医院。在灯火通明的急诊室里，夏姜露的额头缝了三针。

　　深夜的医院，是乐极生悲的人聚会的地方。夏姜露的左边坐着酒精中毒的小女生，右边是吃了不新鲜的夜宵导致食物中毒的中年男人。楚河慢慢地蹲在夏姜露的面前，用手小心翼翼地抚摸她包得像馒头似的脑袋说："要不，我从今天开始追求你吧？"夏姜露被吓得魂魄出窍，在很不合时宜地打了个喷嚏之后，低下头不回话。

　　楚河，他有那么多女友，高的矮的胖的瘦的，夸张点儿说，那些女人可以从他家门前一直排到电视台大楼。经过了麦威那次深刻的教训，夏姜露很悲哀地发现，自己并不是星座书上讲的那种可以玩弄男人于掌心的摩羯女王。

　　她是被玩弄的那种。

　　但是楚河不愿放弃。每天早上夏姜露准时冲到写字楼的第二十二层打卡，而刚刚熬完夜班的楚河就在路边买好早餐送过来。晚上她下班，楚河的车总是很准时地停在楼下。

那天，她经过上司的办公室时，听见有人说起楚河申请调到娱乐部的事。

2009年初，电视台有了外出培训的机会，夏姜露一咬牙，顶着压力一路过关斩将，拿到了培训名额飞向了宝岛台湾。

她不是懦夫，也没有逃避，她只是还没有足够陪他一路走下去的决心。

台湾是个很奇特的地方。地方小，人心却很大，最乡土和最高端的元素总是很突兀地拥挤在一起。开名车、用高端数码产品的成功人士走在路上，可能迎面就撞到乡土味儿极重的本地槟榔妹。

夏姜露学习的地方是一栋十年前才修建的写字楼，按照中央空调的样式设计成了全封闭式的玻璃楼，却没有装空调。环境沉闷，无聊的时候她就打开MSN。楚河每天都会发一封邮件到她的Hotmail里。他说他有多么想念她，他说自己申请调到娱乐部并没有成功，最后他说，生命太短暂，我们的感情其实都经受不起漫长的等待。

夏姜露从不回信。因为半年其实并不漫长，如果有颗虔诚的心，一路祈福长跪，最终也可以到达自己想到的地方。更何况，他的心离自己并不是那么遥远。

但当她习惯了每天都阅读 Hotmail 里情意绵绵的信件时，MSN 那端的他却渐渐没了音讯。

2009 年 8 月，夏姜露在台湾学习的最后一个星期，莫拉克台风带着气势汹汹的暴雨，一路呼啸而来，街道上几乎无人行走，滞留在办公室的夏姜露习惯性地打开 MSN，从前外景组的同事留言说："哎，你知道楚河要结婚的事吗？"

不知台风吹散了谁家门前的塑料招牌，迎面撞在办公室的玻璃墙上，"砰"的一声，碎末四溅。夏姜露慢吞吞地打字："不知道啊，是好事。"键盘冰凉冰凉的，从指间凉到了心底。

一天后，本该是夏姜露准备回家的日子，她却接到了临时要去小林村拍现场报道的任务而被传回电视台。领导在电话那端很慈祥地说："外景组的人会想办法赶过去，你先出发，拿到第一手新闻最重要。"

当她带着器材，租车赶到现场时，原本村屋林立的小林村只留下了几道被流沙抹过的痕迹。拍摄的地方在离受灾现场一千多米的小山坡上，那里拥挤着全世界的同行。陆陆续续有被营救出的村民经过，他们狼狈不堪的样子，让现场的很多人泪流满面。

那是夏姜露在现场死守的第二天，照例去拍摄援救的场景。天空还在下着暴雨，她架好摄像机，站在摇摇欲坠的山坡上，寻找着清晨第一缕天光的角度。毫无预兆地，一个熟悉的男人就这样闯进了她的视线。

"辛苦了，我们有同事来接替你。"他说。

"不客气，应该的。"夏姜露回道。这样的情景，她突然觉得熟悉，却又记不清何时发生过。

交代完工作，远处有山体再次塌陷，顿时尘土漫天。楚河手持话筒背对着她念台本，他没有回头。就在这片污浊的云雾之中，他们带着面目全非的模样，离彼此越来越远，最终错过了那颗曾经虔诚的心。他们之间，只不过是一场没有结果的膜拜而已，到最后面目全非又如何？

信仰和现实始终会有距离。有一双可以流泪的眼，也未必有机会流出眼泪；有可以拥抱的肩膀，也未必能拥抱到你爱的人。

大雄对不起，多拉那时不懂爱情

　　从电影学院毕业很久后，我到了香港做派对小丑。比起那些留在北京像苍蝇一样到处乱撞的同学，我的生活井井有条，前途一片光明。

　　这座叫香港的城市里的派对男女都爱唐多拉，因为只有像唐多拉这样从内地来的派对小丑才可以满足他们各种千奇百怪的要求。比起观看那个叫"飞雪"的小魔术，他们更热衷于让三小时两百港币的我摆出各种造型，比如挂在墙上的时钟，调到了震动的手机，吃到了辣椒的雪纳瑞……

　　当我蹲在一群客人中间假装自己是只茶壶的时候，我遇见了大雄。

　　他穿着 TVB 的警匪片里经常出现的警察制服一脸正气地闯进来，对着我们大声嚷嚷："差人伦干，差人伦干……"那会儿我刚到香港三个月，口袋里还揣着《日常白话三百句》的小册子，在超市买个东西都会把一百元听成一百万，像"警察临检"这么有内涵的语言，我是听不明白的。而讲普通话对大雄这种有大舌头的香港人来说也是个技术活儿，所以到最后我被他拉上车带回了警局。

其实那一次，警局的警察只不过是例行检查而已。只是大雄这只刚刚通过 PC 考试的菜鸟觉得有义务将每一个"不明物体"都带回警局接受拷问。

证件齐全、身家清白、根正苗红的我被无辜地带到了警局，直接导致大雄在督察的办公室里受训整整两个小时。这期间，我的鼻头儿上顶着一个小红球，一边听着从旁边 IP 办公室传来的铿锵有力的白话练习粤语听力，一边优雅地喝着用香港纳税人的金钱换来的雀巢咖啡。最后，大雄灰溜溜地走出来，随手抓了一沓记事贴，写了张纸条给我，黑色的繁体字扭来扭去地趴在黄色纸条上："你住哪里？我现在送你回去。"

来香港的第三个月，我理直气壮地坐上了香港皇家警察的小警车，在从尖沙咀去西贡的道路上驰骋。天上星星闪烁，夜色美得诱人，我的小丑服袖子里还装着"飞雪"的魔术道具。我打开车窗，对着手掌吹一口气，漫天的雪花从我的袖口洋洋洒洒地飞向夜空……旁边的大雄发出一声怪叫，然后我又被带回了警察局。

这一次是因为乱扔垃圾。

　　我一把鼻涕一把眼泪地趴在警局的桌子上用笔交代自己的犯罪经过，我的字写得并不比大雄好很多，但是我还是很流畅地表达了我的心酸："我好不容易来香港混，我老家有个生病的妈，我爸下岗没工作，我弟还在读高中，我的生活也不容易。"

　　大雄同情地看了我一眼，他的眼眸里流露出忧伤。尽管如此，我还是被起诉了。

　　TVB 的港片里，香港警察人人都有奔驰宝马的事根本就是骗人的。小警员大雄交班后领着穿宽大小丑袍的我坐完地铁又转小巴。在巴士站，他穿着印有"JUICE"字样的劣质条纹 T 恤很体贴地到二十四小时便利店给我买奶茶。我使劲咬着吸管，很鄙夷地看了他一眼，这个人不知道 JUICE 是冠希兄的产业吗？难怪叫大雄，"胸"大无脑。

　　在前往西贡区的空荡荡的巴士上，只有我们两个人和一名司机。大雄小心翼翼地看着我的脸问："Can you speak English?（你会说英语吗？）"

　　那么多年的义务教育不是白上的，我鬼火直冒："Yes,I can!（我能！）"

　　于是我们沟通的官方语言由中文变成了英语，中间偶尔冒出几句白话和普通话以及炫耀性的法语和日语，谈话过程活像是外资企业里的白领谈判，你来我往，仿佛是如果你能把火星语都用上，那么你就是赢的一方。

"犯人"和警察之间终于找到了共同点——我们都是语言天才。我们彼此惺惺相惜，同病相怜。

这名叫大雄的小警员喜欢上了自己的犯人。我知道，有时候男人和女人之间擦出火花，似乎就是那么一两个眼神的事儿。大雄看着我，就算我的头顶是金黄的卷毛，鼻子上还有小红球，他的眸子也依然在熠熠发光。

在来香港之前，我热衷于用扑克牌算命。算的内容大多是以后会找个什么样的男人，会不会很有钱，会不会变成张曼玉。后两个问题不方便过早下结论，但第一个问题的答案现在我知道了。发誓要为事业拼搏的唐多拉，刚到香港三个月就堕落地交了个小警员男朋友，而这个男人直接导致了自己站在香港的法庭上接受审判。

如果我妈知道我这么没有骨气，会一巴掌把我拍死。

我们一起在西贡的小房子里住了下来，我不当小丑他不做警员的时候，我们就一起看碟。大雄是个狂热的电影爱好者，同时他又是一个遵纪守法的香港公民，几乎每一部片子他都是买的正版 DVD，而当内地号称投资上亿的电影来香港宣传时，他的普通话已经被我教育得很好了。

所谓的看首映礼，其实就是我负责混在一群狂热的影迷中间，高高地举起 Nokia5300 的三百万像素摄像头对着站在红地毯上的明星一顿猛拍，而大雄则跑到周围看是否有黄牛，能不能买到打折票混进去看片子。

2008 年春天，内地当红新秀黄阿明穿着黑色的正装，姿态优雅地牵着另一位女明星的手缓缓地踏上红地毯。我身边的女孩发疯般地尖叫，他很有礼貌地停下来，为一个女孩签名。距离那么近，他的黑色袖子上是白金的袖扣，我一扬脸就可以看到他眸子里荡漾的笑意。只是，黄阿明淡淡地扫过我的脸，然后离开了。

去淘黄牛票的大雄不知道是什么时候挤回我身边的，他满头大汗，JUICE 条纹 T 恤被汗浸湿了贴在背上。他张牙舞爪地扬起两张票，朝我喊："我买到了。"就在那一瞬间我心底莫名地生出了一阵厌烦，冷冷地说："我不想去了。"

大雄一惊，问我："那你想做什么？"

我去了尖沙咀，把大雄丢在了电影的首映礼上。那一天晚上，我穿着崭新的小丑袍，一个场子接一个场子地拉生意，我笑容可掬，亲和力超强地问着路过的人："老板，要即兴节目吗？老板，看魔术表演吗？"

大部分的酒客都神情鄙夷地赶我离开，只有那么几个人愿意花两百港币看我表演。

我喜欢演戏，如果不能像黄阿明那样幸运，那么演茶壶也是可以的。

收工时，我赚了五百港币。其中一百港币是和一个客人打赌，灌下了半瓶不兑苏打和绿茶的洋酒换来的。走出酒吧，路灯下站着的是大雄。

他一把抱住我，在我耳边低声说："多拉，难道这就是你想要的吗？"我听见了，但是不能说话，喝醉了的人是不可以乱说话的。

"大雄——刚刚通过 PC 考试的小警员，一个月拿几千块的薪水，还不够多买几张正版 DVD 的，一年后或许可以考高级警员，三年后可以考警长，四十岁能成见习督察就算不错了"，这些话我都不能说，所以我只好在他怀里昏过去。

黄阿明给我打电话的时候，我正酒精中毒，在西贡医院里打点滴。从九龙到西贡，黄阿明也许是插了翅膀才能那么快地飞过来。我没有问他从哪里知道的我的号码。网易同学录上每天都有人往上面贴自己的联系方式和职业，生怕老同学不知道自己已混得风生水起。

他戴着大墨镜和渔夫帽，含情脉脉地拉住我的手，问我："你还在生我的气，对吧？你原谅我了吗？你为什么一个人跑香港来？为什么不留在北京？"

最后他说："我找了你好久，跟我走。"

那是电影里的一句台词，在现实中说起来居然也那么掷地有声，砸得人心直疼。

中午，当穿着号称两公斤重的制服，提着周记的猪肝粥赶过来的大雄得知自己已被另外一个人"篡权夺位"时，他把猪肝粥留在了病房，人走了。

走到门口，又回过头说了一句话，不是中文，不是英语，也不是日语和法语。原来，他真的会第五种语言，说不定真的是火星语。

西贡的公寓里，刮胡刀、除毛膏、男士洗面奶，他都没带走，只带走了一大箱子的电影光碟——用他大部分的薪水买来的正版 DVD。我把他没带走的东西都打包装进一个箱子里，贴上了警局的地址。可笑吧，我们在一起生活了那么久，我居然连他的家在哪儿都不知道。

已经不重要了，我有了黄阿明，那个大学时候在我的宿舍楼下拿着吉他唱情歌唱到差点儿挨处分的男生。

没有什么比破镜重圆更美好的感情，尽管我失去了大雄的消息。

我不再做职业小丑，而是拖着小箱子从西贡的小公寓搬到了九龙的海景房。黄阿明因为人气过高，加入了香港的"优才计划"，签了香港的经纪公司。当时的我以为所谓的"人在做天在看""举头三尺有神明"都不是针对爱情而言的。

2008年愚人节，我和黄阿明去兰桂坊喝酒。一个打扮得很有品位，连出去吃个饭都要被跟拍的女人走过来对我说："我有了阿明的小孩，你放弃他好吗？"

我回头看黄阿明，他眼神飘向别处，哼着小调假装没有听见。我不是吃饭都会被拍照的优雅女人，她们连与情敌的短兵相接都能保持自己的风度，所以我只能坐在两个人中间一杯接一杯地喝着加了冰激凌的百利。

自从尚雯婕做了代言人后，我就只喝这种甜腻到让人沉醉的饮料。我固执地只选择了一种甜蜜，就好像当初黄阿明勾了勾小手指，我就不顾一切地投奔"幸福"一样。

如果一个人可以一直在甜蜜中沉醉下去，不用醒来该有多好？

我又酒精中毒了，黄阿明没有开着他黑色的BMW送我离开，我摇摇晃晃地跑到大街上想拦下一辆车去打止吐针。最后是一名穿制服的警察把我送进了医院，上车的时候我仔细地看着他的脸，哦，为什么不是大雄？

落魄可耻的背叛者，是不配再遇到王子的。

my cog

2008 年，从电影学院毕业的第四年，我二十六岁。很多当初在北京像苍蝇一样乱撞的同学到现在依然在乱撞着，当然也有的混出了名堂成了巨星，比如说黄阿明。而我，唐多拉，回到了西贡的小公寓。

我的白话已经讲得很好了，每天晚上都穿着宽大的小丑装，戴着金色的假发，鼻子上顶个小红球，为到酒吧来找乐子的客人表演。他们不再喜欢看茶壶，但三个小时两百港币的表演，就算让我演抽水马桶我也愿意。

我一边在这座繁华的城市依靠着微薄的收入小心翼翼地生活，一边企图撞见那个会说外星语的小警员大雄。不为别的，我只想知道分手那日他说的是什么，是否也是那句："多拉，跟我走。"

所以，如果你也在香港，混在尖沙咀，那么当你遇到一名会讲四国语言和一种火星语的小警员时，可不可以帮我告诉他："大雄对不起，那时多拉不懂爱情。"

我怎么会离开你。

吉祥杂技团没有永远

十五米的高度，三点五米的距离。如果中途手不打滑，腿不打战，眼神好的话从起跳到握住同伴的手大约需要一点五秒。这是苏百媚小姐的经验。

吉祥杂技团，价格公道，童叟无欺。巨大的蓝色房子里藏着踩独轮车的小丑，穿火圈的狮子和头顶瓷碗的姑娘。如果有耐心等到最后，就能看到穿着金光灿烂的紧身衣、挂在天棚上像猴子一样晃来荡去的我。

那年，吉祥杂技团在大连演出。每到夜幕降临就轮到浓妆艳抹的我登场，在没有任何防护措施的情况下，从一头跃到另一头，惊险刺激，风光无限。

和我配合的男人是尚漓江。

那真是一个一尘不染的男人，在台下总是穿白色的衣服，坐在杂技团里一群抽烟喝酒的壮汉中间沉默着，眼里藏着光影，不动声色地看着周围。

我总喜欢盯着他看，他那么瘦，和我差不多，轻得似一缕烟。

可是尚漓江下台后从来都不会正眼看我。我知道在他眼里我是什么：一个穿着连体紧身衣，脸上盖着一层粉，年轻风骚，总能惹得台下男人连连尖叫的女人。听说尚漓江是从省级杂技团出来的，他曾说过和我这种半吊子一起表演空中飞人是种耻辱。但我喜欢尚漓江，只要每天晚上能够在十五米的高度和他紧拉着双手，我才不在乎他怎么说。

冬天来的时候，尚漓江的手适应不了北方的寒冷冻成了"萝卜"。于是我在没开工的白天跑到附近的小集市，那些花花绿绿的毛线真的很漂亮。我磨磨蹭蹭好久，终于让摊主把五十元一斤的白色毛线匀一半卖给我。

我用这些毛线给尚漓江织手套，用平针笨拙地把毛线绕一个圈再绕回来，每织一针我都会想起尚漓江之前纤细白净的手指，在空中拉住我的时候仿佛用尽了自己的全力。

当我躲在午后的屋子里织手套时，尚漓江邀请夏文雨一起去了城北的游乐场。夏文雨是杂技团老板的女儿，尚漓江说她长得像韩国明星宋慧乔。我从不看韩剧，放假时只会抱着宿舍那台二十一寸长虹看《大宅门》，所以我真的不知道宋慧乔是何方神圣，能够让尚漓江一见到夏文雨就跟打了鸡血似的。

　　手套织好那天，尚漓江没有来工作。我化好妆，头上顶着一朵塑料花跑去找夏老板。夏老板正在和自己的女儿吃夜宵，饭菜很丰富，有烤羊腿、炒田螺和醋熘鱼。我开门见山地问他："夏老板，漓江没来怎么办？"他一拍大腿，很有办法地说："那你一个人上。"我又看了夏文雨一眼，问："文雨，你知道漓江去哪里了吗？"小姑娘冷冷地扫了我一眼，又冷冷地说："跟我没关系的人，我不知道。"

　　好吧，一个人就一个人吧，不就是从这边蹦跶到那边外加几个空翻吗？我咬着牙爬上了天棚，从一个吊杆跳到另外一个吊杆，我立着跳，横着跳，倒着跳。

　　表演结束后，我去找尚漓江。我去了他经常去的网吧，杂技团附近的夜市，最后在路边捡到了他。他在小饭店喝了三瓶马奶酒没钱付账，被人架到街上狠狠地揍了一顿。他穿着白衣趴在沥青路上，一边捶地一边哭问苍天："文雨，文雨，你为什么要离开我？"原来尚漓江喜欢的不是宋慧乔而是夏文雨。

　　我把尚漓江扶回我的宿舍，让他躺在我的浣熊床单上，然后打水给他洗脸洗脚，做贼似的摸他的额头、眼睛、鼻子，还把手套给他戴上。尚漓江，他长得真好看，我很喜欢。

　　他醒后看到趴在床沿上发花痴的我，冷冷地没说一句话就跑了。第二天，尚漓江戴着那副很丑的毛线手套，当着全团人的面跑来拉住我的手说："做我女朋友，你做我女朋友，好吗？"

就这样，我做了尚漓江货真价实的女朋友。他在台上拉着我，台下也不撒手。夏文雨在场的时候，他还给我剥橘子，剥成一瓣一瓣塞到我嘴里，我不吃他就会生气。可是橘子吃多了上火，后来一连三天我早上起床都流鼻血。

我不只希望尚漓江替我剥橘子，我还想见他的家人。可是他说："我父母不会喜欢你的，你长得那么丑。"这很伤我自尊。

那天我化了个浓妆，在超市买了一斤新西兰提子，几个火龙果还有一盒善存就"噔噔噔"地找上门了。尚漓江的家住在城东的一套廉租房里，比杂技团宿舍的条件还差。当尚漓江的母亲开门看到我时，还以为我是仙女。我开口说："阿姨，我是漓江的女朋友。"老太太拉着我的手眉开眼笑地说："姑娘，你就是那个夏文雨啊？"我放下礼物，一边听她说自己吃了五年中药都治不好的胃癌，一边下厨房帮忙洗碗，换掉了早就不亮的灯泡，又把屋子里里外外打扫一遍才离开。

拜访过后，我得到尚漓江的一记耳光，那记耳光抽得我半天回不过神，他恶狠狠地说："谁让你去见我妈，我让你去见了吗？你有资格见她吗？"我没有说话，捂着脸蹲下来捡地上被砸成碎片的玻璃杯。我知道自己不漂亮，也没有什么文化，更没有当老板的爸爸。男人都好面子，尚漓江不让我去见他妈，是对的。

收拾完一屋子的狼藉，他的气也消了，穿着白色的袜子坐在沙发上看 DVD，韩国拍的《浪漫满屋》，里面那个演韩智恩的美女长得有点像夏文雨。

他的眼神在明明暗暗的光影下荡漾着忧伤，我走过去把手放在他的后背上，低声说："对不起，以后你说怎样就怎样，我再也不乱来了。"

入冬后，吉祥杂技团的生意一落千丈。很少有人愿意在大冷天，怀里揣个火炉跑来四十五度仰望空中飞人。

那天我和尚漓江从台上下来后，从后台跑进来一个中年男人，穿着呢绒大衣不停地哈气。他是北京一家演艺公司的老板，专门做公关活动策划工作，他看中了我们的飞人表演，想签合同带我们去北京，专门为一些豪客表演。"但是只能带你们其中一个，所以这几天我会天天来看你们的表演，谁好我带谁走。"他看着我意味深长地说。

尚漓江很兴奋，北京啊，京城万景的繁华能让人憧憬到痴呆。

那天，他对我很好，还专门跑出去买我爱吃的烤土豆串。他一边喂我吃土豆，一边说："百媚，你让我去北京吧。你是个女人，出去混没好处。"我生气了："所以你去北京也不会带我走，对吗？"他干笑一声，没再说话。

第二天中年老板果然坐在稀稀落落的观众中，观看我们的表演。

十五米的高度，三点五米的距离。如果中途手不打滑，腿不打战，眼神儿好的话，从起跳到握住同伴的手大约需要一点五秒。

我踮步起跳，一个腾空翻，双手迎向尚漓江。只那一秒，他的眼神突然犹豫了，微微一缩手。我从十五米高的地方落到保护网上，再反弹到一边的柱子上，跌得如梦如幻天旋地转。最后那一刻，我的眼里盛满了男人的影子，清瘦而空灵，他的眼里荡漾着忧伤，好像是从天上掉下来的天使。

我知道我是真的爱着尚漓江，他需要机会去北京赚钱，他不这么做我也会给他。

2007年春天，我腿上打着石膏和那个叫秦恩的中年老板登上了去北京的飞机。从一开始他看中的就是我，所谓的选拔不过是冠冕堂皇的借口，所以无论我有没有失误他都会带我离开。

秦恩把名片放进我的手里说："我是个粗人，不会说好听的话。你长得很像我去世的妻子，如果你愿意就在明天中午之前给我打电话，我带你离开。不管以后你是不是残疾，我都会对你好。"

尚漓江看的那些韩剧里，总有"麻雀飞上枝头当凤凰"的故事，我从没想过，有一天这样的桥段会出现在我的生活里。我拨通了秦恩的电话，如果我的爱情永远都比不过尚漓江的清醒，那么就让我选择一个宁愿活在幻想里的男人吧。

到北京后的第三个月，我的脚伤痊愈了，然后我找了一家康体中心做瑜伽教练。秦恩担心我到一个陌生的地方会不适应，就买了只样子很厚道的八哥送我解闷，我叫它宋慧乔，还给它挂上一个写着"宋慧乔"三个字的牌子。

我以另一个女人的身份活着，活得好像是另外一个女人。

2008年春天，考到C照的我开着Polo新手上路。路过白色的朝阳剧场，看到几个硕大的字——热烈庆祝大连吉祥杂技团公演。门票六十大洋，几乎贵了一倍。我走进去，坐在金碧辉煌的大厅里看踩独轮车的小丑，穿火圈的狮子，头顶瓷碗的姑娘。最后登场的，是穿得金光灿烂好像猴子的飞人，用力去看，不意外地已是另一张陌生的面容。

十五米的高度，三点五米的距离。尚漓江，原来隔着这样的距离，我一直都没有看透过你的表情。

江汉路上走几遍说忘记

　　大学毕业后，我在江汉路步行街边上的保成路夜市摆摊做生意。

　　也许你无意间曾见到过我，就是那个每天晚上挤在一群打耳洞的摊位中间卖围巾的姑娘。围巾是我从江汉路西边的老鼠街扫来的。我每天下午拖着黑色的垃圾袋在巷子里乱窜，中途要路过廉价的牛仔店、劣质的韩装批发店、琳琅满目的饰品小铺，才能找到那些便宜到让人神魂颠倒的围巾。

　　原本自力更生艰苦奋斗没什么错，但2008年秋天，我遇见了交警吴司洋。

　　在车水马龙的江汉路，他骑着警用摩托车追赶着我搭乘的女士摩的，一边追还一边用武汉话喊："停车，我是交警！"我刚毕业半年，做生意从不缴税，人没上道，政治觉悟也不够高，心里一慌，指着开摩的的头盔大叔就说："这不是黑的哦，他是我舅舅。"小交警扫了我们一眼，闷闷地说了一句："长得是挺像的。"就放我们走了。

但人背不能怨社会。自从那次后，我在江汉路上被小交警吴司洋连着抓了五次。到最后他实在受不了了，拉住我问："小姐，你到底有几个舅舅？你不知道坐这种车很危险的？"我想了想觉得这个问题实在不好回答，干脆转身就跑。

我屁股后面拖着个硕大的黑色塑料袋，在摩肩接踵的步行街上跑得屁滚尿流，中途踩到美女的脚背三次，撞到别人肩膀八次，跌倒一次。他没有来追我，也许觉得没必要，也许只是想吓唬我这种老实忠厚的人民群众。

在被连抓五次后，老鼠街口上所有的摩的师傅都把我拉进了黑名单。每次，我进完货屁颠屁颠地跑过去要车，他们都不愿意再理我。他们说我属于喝口水都能呛死的主儿，谁载我谁倒霉。

于是我不得不在每次扫完货后，拖着上百条围巾从江汉路的西边徒步到东边，累得欲仙欲死。

讨厌一个人是真的有理由的。如果被我遇见那个该死的交警，我一定会打得他半死不活眼冒金星。

但马克思大叔曾经教导我们，现实和理想是有差距的。

那天晚上，我正蹲在一堆五颜六色的围巾中间捶腰捏腿。吴司洋跑来了，手里还牵着一姑娘，梳着直发偏分，眉目清秀，透着几分娇纵，她扯着一条骷髅头图案的围巾不肯撒手。

于是两个人往那儿一站，就开始跟我砍价，二十八元一条的棉麻围巾，死活要八元拿走。虽然这个号称武汉最大的夜市是个砍价的好地方，但也不要杀得这么狠吧。说了二十分钟后，我终于火了，做个小本生意，白天被你追得满大街乱窜，晚上还要被你剥削，我几乎是撒泼地把手中的围巾丢到男人的脸上："拿去吧拿去吧，滚越远越好。"

当时我用来播放特价消息的卡带机里正放着周杰伦的《青花瓷》，在让人黯然神伤的音乐里，我和强大的武汉妹扭打在一起，因为她觉得我"欺负"了她的男友。

我们在一堆围巾中间扯头发、抓脸、互相乱咬，我保证就算是牵只藏獒来参观，它也会自卑。旁边有人起哄吹口哨，我的摊子被踢塌了，围巾也被人浑水摸鱼偷了几条，还有人被堵在路边挤不进来，就在人群后狂骂："打么子架，快让我过克（武汉话，过去）。"

最后小交警从身后紧紧地抱住我，朝武汉妹怒吼："你别闹了！"小姑娘"哇"的一声哭了，狠狠地踹了他一脚，无比惆怅地扭头狂奔。

我一把拉住那男人，像只浣熊一样抱着他不肯撒手，我说："你不能就这么跑了，你得对我负责。"

旁边耳环铺的镜子映出我的影子，一副失魂落魄的模样，太久没修过的 BOBO 头散乱成鸡窝。他心软了，蹲下来和我一起收拾散落了一地的围巾，一边收拾还一边教育我："你这丫头，做事怎么老这么冲啊。"

我侧过头去看他，保成路上五十瓦的白炽灯打在他平凡无奇的脸上，都是啰唆，怎么会晚上比白天更顺眼？

其实坐交警的摩托回家，比坐两元钱一次的女士摩的拉风多了。

那天晚上，我顶着硕大的蛋黄头盔，抱着小交警在沿江大道上一路飞驰。不知道是人倒霉还是人品不好，刚准备加挡上桥，车突然熄火了。

当时是武汉初冬的深夜，黑夜将这座连接武昌和汉口两镇的长江二桥诡异地拉长，怎么都望不到尽头。

我抱着胳膊，迎着风战战兢兢地走在长江二桥上，头顶是浑浊暗沉的天空，见不到一颗星星。吴司洋把车停在桥下，然后拖着我的塑料袋，跟在我身边慢慢溜达。我扫了他一眼："你怎么走路像只螃蟹？"他不好意思地笑了笑："横着走，帮你挡风。"

我觉得有些凄凉。我的 BOBO 头还是鸡窝状，左边眼线花掉了，嘴角还有三道抓痕。我看起来如此狼狈，爬上神坛就可以直接被封为衰神，但他却还能想到帮我挡风。如果一个男人，愿意去照顾女人的感受，那多少都是有些喜欢的。

这个小交警，他喜欢我。但我是很有人品的孩子，光是听《广岛之恋》都会鄙视莫文蔚和张洪量玩婚外恋。要我去勾搭有主儿的男生？我做不到，所以就躲着他。

小交警白天还在江汉路整顿黑摩的，我拖着袋子吭哧吭哧地从他身边走过去。他叫我，我就装没听见；他过来追我，我就像贼一样地开跑。

结果晚上收摊，他又来了。

凌晨十二点，他站在到处是小偷流氓抢劫犯的巷子里，突然打开摩托的车头灯，像上帝一样降临在我面前。他说："今天我生日。"我想了想，拍拍皮包里的现金，然后很豪气地说："走，我请你喝酒。"

回到武昌，去街道口那家很老的红旗飘飘之前，我跑进超市拎了一瓶三十八元的"长城98"，然后大摇大摆地领着小交警走进酒吧。结果刚把包里的酒摸出来，就被抓住了。被人从酒吧赶出来的时候，小交警都快哭了："我没真要你请客，只是想见你。"

凌晨的武汉，四下寂然。我们站在灯火阑珊的光影下拥抱，手拉着手，心中就有了春暖花开一般的温暖。

吴司洋，二十七岁，喜欢哈士奇、旅行和做美容，有正牌武汉女友一枚，隔年就结婚。以上是小交警 QQ 空间的信息。我翻来覆去看了很多次，相册里放着他们的合照，在三亚的天涯海角，两个人搂在一起，甜蜜腻人的模样。我心里一片荒凉。我相貌平庸气质保守，大学毕业后就失业，住在妖魔鬼怪横行的城中村，依靠贩卖廉价围巾糊口。而他的小女友父母都在司法系统工作，她自己也是在读研究生，前景无限。

我恨不能一耳光扇醒自己。你打算拿什么来跟人家抢？

可那段日子，我们的确是彼此相爱的。

小交警下班后就来夜市陪我卖围巾，脱下淡蓝色的制服，往五光十色的布条中间一蹲。用来放录音的卡带机那次打架被摔坏了，他就举着个喇叭在那狂吼："特价围巾，走过路过不要错过……"嘿，很有做小贩的潜质。

但他不是小贩，我心里清楚得很。那天，我跑到隔壁找人换零钱，转头回来他人就不见了。找了半天，发现气宇轩昂的大男人居然蹲在小摊背后。原来他远远看见了同队的同事，就躲起来了。

吴司洋，你以为自己是忍者神龟啊！

周末搭轮渡回武昌。

这座城市，坐轮渡过江就像搭公车一样寻常，所以刚爬上破破烂烂的白色轮渡我就撞见了那对男女。大约是天冷，他们拥抱在一起站在船头。如果再张开双手配点音乐，就是《泰坦尼克号》里的露丝小姐和杰克先生。

　　我找到一个没光的角落，抱着胳膊蹲下来，被长江上的风吹得魂飞魄散。船上的工作人员过来收票，冲着我直嚷嚷："蹲这里干什么，要饭啊？"他回过头来，发现我了。

　　吴司洋同学，虽然你假装没有看见我，但眉目之间依然闪烁着紧张。你拉着女友的手就跑下去。大概是因为你心中有鬼走得太急，所以下楼梯的时候崴了脚惨叫一声。

　　那天晚上，我蹲在这艘号称价值百万的轮渡上，从长江的一边渡到另一边，如此反复了很多次。直到船上的工作人员觉得我神色可疑，很像个乞丐。他们赶我下船，把我丢在了汉口。

　　从汉口到武昌，我是走着回去的。沿着那天走过的路线，一个人在烈风中，形单影只地穿越长江二桥。

　　原来这段爱，我还未站在光天化日之下就已然输掉了。

　　2009年1月，我买了辆二手的小破自行车，屁股后面托着黑色塑料袋，每天在一千六百米的江汉路上从西到东一路飞驰，路过无数浮翠流丹的型男美女。这里已经再没有谁出来整顿交通了。老鼠街口的摩的师傅又开始拉我的生意，可我不理他们，当他们是空气，存在但能无视。

　　吴司洋，隔壁卖耳环的小伙子告诉我，你曾来找过我，就在那压肩叠背的保成路夜市，反复寻找我的影子，但我终究下落不明。被人赶下船的那天晚上，我独自穿越长江二桥，被醉酒驾驶的摩托车撞飞到机动车道上，在医院整整昏迷了一个月。出院后，江汉路上已经失去了你的踪影。

　　那就这样吧，小交警吴司洋，爱情真是会让人粉身碎骨的。

　　这一千六百米的江汉路，每日行走一个来回，不知要到第几个轮回，我才能把你忘记。

听不到花开，听不到 C 小调的告白

2007 年冬天，梁刑笙的耳朵渐渐听不清声音了。

那天，和嘉晔在台上即兴表演梁祝协奏曲时，他竖起耳朵努力去听，但伴奏还是错了几个音符。表演结束后，他去了医院，医生摆出一排奇形怪状的助听器让他选择，从一百二十元到八千元价格不等的助听器中，梁刑笙试用了很久，最终选择了一百二十元的。橘红色的小耳塞，电线连着一个手机大小的盒子。放进衣服口袋里，轻轻摩擦就会有微小的噪音。

医生略带惋惜地看着男孩："你应该选副更好的，因为你的听力会越来越衰弱，这种助听器帮不了你多少。"梁刑笙没吭声，出门前把平时扎起的马尾放下来，挡住从耳朵里延伸出的电线，去了工作的西餐厅。

那个春天，梁刑笙在雨花西餐厅做钢琴师，和小提琴手嘉晔搭档演

出。演奏时穿的服装是餐厅提供的黑色贴身小西服，口袋很小，放一个助听器的盒子，就鼓鼓囊囊地显山露水了。

嘉晔拎着小提琴上前问他："你等电话吗？下班一起去吃夜宵吧。"男孩故作深沉地笑了笑，女孩说话时他的手不小心碰到了盒子，耳朵里听到的全是交流电的声音。其实不是不愿意用更好的东西，那种塞进耳道完全看不出来的助听器要五千多，这几乎是他做钢琴师两个月的薪水。

西餐厅旁边就是水晶名店，每次和嘉晔一起下班，她几乎都是扭着脖子，眼神黏在橱窗里。她喜欢橱窗里那只昂贵的绿幽灵手链，是聚宝盆的花纹，三千多一条，贵得要死。

他想要送最好的礼物给她，所以他不用好的助听器，更丢不得这份工作。

还好，虽然失去了听觉，他还有灵敏的手指和娴熟的技巧，可以照着琴谱小心翼翼地去弹。嘉晔是个很好的小提琴手，合奏时总会迁就他，而客人通常都是很有礼貌地把想听的曲子写在纸条上。这样工作，就算没有耳朵也是不会出错的。

那天，是梁刑笙独奏最后一首曲子的时间，他选择了琴谱上的一首独奏，贝多芬的《月光曲》，全程都是分解和弦，弹奏缓慢，不容易出错。那时，嘉晔抱着琴在台下等他。她穿着和自己配套的小礼服，头发剪得好像尚雯婕早些时候的小短发，干净蓬松可以藏进好多只蚊子。她合着节奏，轻轻地替他打拍子。那样子落进了梁刑笙的眸子里，宁静而安详。

1800 年，贝多芬在维也纳遇见了十六岁的琪丽爱泰。那时的他已经渐渐地听不清声音，作为琪丽爱泰的钢琴老师，他隐瞒了自己的病情，并在伯爵庄园给她上课，他喜欢她站在一旁用手轻轻地敲打钢琴做伴奏，每一下都敲进了他的心里。

二月，梁刑笙又去了一趟医院，这次他的耳疾再次恶化了。医生心软，说就算打折，能够帮到他的助听器也要一千多元。他很高兴，自己刚好有这么一小笔存款，换了助听器他还可以去音乐学校兼职上课赚回来。

他刚从银行回来，就撞见了嘉晔。小丫头在路口很认真地踮着脚贴海报。走过去一看，是"尚雯婕 2008 北京演唱会"。

一提尚雯婕，梁刑笙就有点儿抑郁。嘉晔很喜欢这名女歌手，去年她逼着他顶住压力，去弹那首《一大片天空》。西餐厅对什么时间演奏什么音乐有严格的规定，结果两个人都被扣了工资。女孩贴完海报，回头揪住他不放："刑笙，你去不去看尚雯婕的演唱会？"然后他上网一查，演唱会最便宜的票价还算适中，但两张门票的价格，刚巧就是一副助听器的价格。

咬咬牙，梁刑笙还是买了。谁叫他那么喜欢她，尽管他可以去爱她的尚雯婕，但她不一定能听懂他的贝多芬。

　　那天晚上，他送她回家。北京深不见底的胡同里，沿途的路灯居然全坏了。两个人深一脚浅一脚地踩在小路上，有那么几次他想鼓起勇气去牵住她，但最终都放弃了。那两张演唱会的门票一直藏在裤兜里，让他头疼的是，要什么时候交给她，因为他连她的手都不敢碰一下。

　　第二天晚上，梁刑笙偷偷地跑到胡同里，爬上灯柱把熄灭掉的灯泡换掉。他以前跟着父亲做过电工，这些事难不倒他。但刚从灯柱上爬下来，就撞见了附近的联防治安队。他们问他爬那么高做什么，他听不太清楚，回答得结结巴巴神色可疑，于是就被带回了附近的保安亭，弹钢琴的手被反铐在凳子上，他就这样被关了整整一晚上。

　　第二天他只得在手腕上敷上冰袋去上班，刚走进员工休息室就看见嘉晔正拉着另一个男孩说话。那个男孩，梁刑笙是认得的，叫笑优，是在西餐厅做钟点工的大学生，家境很好，父母时常过来吃饭，只为盯住那没吃过苦头的宝贝儿子。嘉晔在台上表演时，笑优就站在下面深情款款地凝望，生怕别人不知道他爱慕那个在舞台上拉《梁祝》的女生。

　　他听不见他们说什么，就靠近了一点。嘉晔一把拉住他，高声喊："刑笙，笑优约我去看演唱会。"旁边的男孩不好意思地低头笑了。他带着助听器靠得那么近，女孩的话模模糊糊的，似冰凉的潮汐一拥而上，淹没了最后一丝希望。

　　贝多芬出身低微，不管他有多热爱琪丽爱泰，女人还是在 1803 年远嫁意大利的一位伯爵。失意而自卑的他在失去最后一点听觉之前，写出了《月光曲》，以此纪念自己一生的挚爱。

　　那天，梁刑笙没有再弹这一首 C 小调的奏鸣曲。因为当初的琪丽爱泰没有听到，两百零五年后的嘉晔也没听懂过。

　　尚雯婕北京演唱会，梁刑笙是一个人去看的。孤单地挤在几千人的剧院里，当女歌手出场时，旁边不认识的几个女孩都哭了。他手忙脚乱地递过纸巾，她们对他说谢谢。他愣了一下，只看到对面的人嘴巴在动，然后努力去听，舞台上如歌如泣的天籁，渐渐淹没在一片深深的寂静之中。

　　2008 年的早春，梁刑笙在爱上那名叫尚雯婕的女歌手之后，耳疾恶化了。他丢掉了廉价的助听器，日子也变得越发专注。音乐的轻重缓急，全依靠记忆和感觉把音符一个个弹进心里。下班后有人在身后叫他，他也听不见就径直走出去。

　　于是就这样被戴上了骄傲的帽子，于是没人知道他为何这般骄傲。

　　夏天，西餐厅休假一天组织大家去郊区涉溪。梁刑笙想了想还是去了，那条小溪他穿越过很多次，听觉应该不会是障碍。

一开始，一群男女还手拉着手摇摇晃晃地在小溪露出的石头面上行走。后来距离渐渐拉开了，梁刑笙独自沉默着行走在最前面开路，一群女生叽叽喳喳地跟在后面。

走了半个小时，看到的是最著名的小瀑布，几乎是九十度的直角，能踩的地方都长满了青苔。梁刑笙想都没想就用力攀了上去。那时，他不知道紧随在他身后的嘉晔正抓着一块微微凸起的岩石向他求救。溪水的嘈杂声太大，他听不见声音，只顾着自己往前爬。

等梁刑笙发现时，嘉晔已经从三米高的地方跌了下去，撞在坚硬的岩石上，头破血流。他害怕极了，抱着女孩抄公路向山下狂奔，一边跑一边落泪。下山的路，不时有从山上下来的汽车鸣着笛从身边呼啸而过，梁刑笙听不见，抱着女孩贴着山脚独自前行。直到夜幕降临，仰头就能望见清亮的月牙儿。他突然记不清那首已烂熟于心的《月光曲》到底是如何忧伤地开场。

那一刻，他听见了心碎的声音。

2008 年 9 月，是梁刑笙在雨花西餐厅工作的最后一个月。嘉晔住院的时候，他一个人代两人的班，赚了不少加班费，所以他去医院付了定金，买下那副可以藏在耳道里看不出来的助听器。他决定离开西餐厅，以前音乐学院的一位同学在城市里开了家钢琴学校，正需要全职的钢琴老师。为了挖角，同学还送了他一张尚雯婕十月份的深圳演唱会门票。

那时嘉晔已经出院了，抱着乐器坐在台下听他弹琴。自从那次事故后，他们之间生疏了很多，也不说话。中途他偷偷去她住的地方探过一次，胡同里的路灯又全被小孩用石头砸碎了。他没有再去修路灯，因为女孩现在每天下班都有人接送，那个男生有足够的耐力去追求自己的爱情。

那天，弹完《月光曲》，梁刑笙抱着琴谱头也不回地离开了这个工作两年的地方。天空飘着小雨，他仰起头，天空一片阴霾，他想这是自己最后一次享受雨中的安宁了，然后他要去医院，取回那副强大的助听器，也许还能听到这场雨的声音。

他不知道，就在他身后三米的地方女孩追出门外喊他，她喊："梁刑笙，我们不要再不说话。"他没有听见，只把一个骄傲的背影当作送给她最后的礼物。

在失去了听力和琪丽爱泰分开的几年后，悲痛中的贝多芬遇见了第二个深爱的女人特蕾泽，并延续了长达十四年的恋情。他送给那个女人的曲子叫《致爱丽丝》，被人们永世铭记。

你看，我们常常以为最美好的事就是：如果爱上什么，就要爱一辈子。可是这样的虔诚连贝多芬都做不到。

我放了很多爱，随你披星戴月

2006 年初冬，济南终日有雨。

宝苏的店铺开在马鞍山路的一角。朱漆的门面很窄却也很深，每逢天阴下雨，屋子里就灰蒙蒙一片，需要点着大红色的中国灯笼招揽客人。

三年前，从考古系毕业后宝苏就回到济南继承了父亲的这家古玩店。以年轻后生的姿态出道，大的生意她是从来不碰的，修补一些并不值钱的宋代官窑倒是很在行。

生活渐渐安定，二十六岁的日子也变得有固定的轨迹。比如每天早上九点半开铺，下午四点收铺；比如每周请拍卖行的经理吃饭；又比如每个月都要飞过大半片疆土去更荒芜的山村寻找那些以盗墓为生的村民。

她就像只南巡的候鸟，到了时间就会扑腾着翅膀起飞。直到遇见徐江瑞——济南大学历史系的小男生。

2007 年春节，宝苏决定要为古玩店招聘一名店员。粉红色海报贴在济南大学公示板的第一天，勤工俭学的徐江瑞就来了。文科生都是超凡脱俗的，来应聘那天，他老人家带着学生会的工作证和一把二胡，大概是没见过什么世面，人有点儿紧张。小男生站了个军姿一本正经地介绍自己说："我叫徐江瑞，我觉得自己可以在店里表演二胡。"宝苏扫了他一眼，冷声地说："我不招卖艺的，只招卖身的。"

但她喜欢他拉的那一首《万马奔腾》。

他把二胡别在腰间，往店门口一站气势如虹，方圆百米的淘金客呼啦啦地涌过来围观。那效果比隔壁卖字画用的破音响还管用，所以宝苏留下他干些杂活儿，清扫地板，端茶倒水，招呼客人。如果自己临时有事要出门，小男生还能帮忙看着铺子。

好在他人够努力。每天宝苏来开门，一定能见到蹲在朱漆门前背功课的徐江瑞。逐渐熟络后知道他的老家在安徽，父母都在广东制衣厂打工，每年赚出来的结余只够付学校的学费，生活费还是得靠自己打工赚取。他做过家教，发过传单，背着二胡去洪家山教堂门口卖过唱。最后，他找到了宝苏的店。

这样的日子，自小家境很好的宝苏听了就好像看了琼瑶的电视剧一样，从心口酸疼到鼻尖。

那天下午，宝苏从拍卖行回来，刚踏进店门就闻到一股很温暖的香味。男孩正站在门口用火机一盏一盏地点亮灯笼，见到她好像小狗一样到处嗅，他笑着说："是我老乡带来的奇南香，好过你一年三百六十五天都像供菩萨一样地烧檀香。"

宝苏站在门口不好意思地笑了，说："谢谢啊，多少钱我给你。"

因为背着光，女人的面目模糊成一片光晕。男孩看得出神，说："不用啊，不值钱的。"

宝苏没有再坚持，但她对他很好。每天都多买一份早餐，店里不忙的时候赶他回学校上自习，还会从家里翻出父亲出国前留下的雪花呢衣送给他穿。

她待他，如同对待自己的亲弟弟一般，心若朗月。

再后来，就是宝苏二十七岁生日那天。老头子打来越洋电话，再次提及她是不是要到伦敦和自己同住的事。自从母亲去世后，他们父女之间的关系就渐渐变得薄凉起来。大约人年纪一大，对于自己的生活就会多一分诚意，所以下班时，她想了想，对着正在收拾东西的徐江瑞说："今天是我的生日，请你吃顿饭吧。"

随后两个人打车去了洪家山，在热闹的夜市里随便找了家小餐馆，叫了一箱青岛啤酒。周围热闹喧哗，有夜巡的少年男女，有下班不愿回家的酒肉男人。那天晚上宝苏很亢奋，她酒量很浅，喝得一塌糊涂，到最后站在椅子上要给人民群众表演背诵乘法口诀表。

还好徐江瑞是清醒的，扶着她摇摇晃晃地回家。他们先是上了出租车，没开多远就因为她在车上呕吐被赶了下来，然后一路再没撞见空车。两个人跌跌撞撞地往前步行，走到最后实在坚持不住，累得死去活来的，一屁股坐在了马路边上。

他们的头顶是济南的夜空，像微微透明的宝石蓝，又像是一汪深不见底的潭水。旁边有自动扫地车"唰唰"地开过去，一对情人在远处吵架纠缠。

徐江瑞把外套脱下来披到宝苏身上，听她说自己的生活。说十三岁就因病去世的母亲，说热爱考古多过爱自己女儿的严父，还有辗转了四年却沦落到被背叛的爱情。

他在夜风里冻得像只哆嗦的松鼠。但是他愿意听她说话，他一边抽烟，一边将每一句每一字都狠狠地听进心里。分别时，手机上显示是凌晨两点。宝苏已是半醒，倚在小区的大铁门上，眼神迷蒙，懒懒散散地对他挥手说再见。

宝苏转身刚要起步离开，却突然被人拉了一下，踉跄着跌进一个怀抱里。

他给了她一个烟味缭绕的吻。

2007 年的春天，他们去了千佛山的趵突泉。

牵手在观澜亭品尝号称是天下第一泉的香茶，在来鹤桥上肆无忌惮地接吻，用捏碎的饼干逗弄泉中五光十色的锦鲤，甚至还跑去瞻仰了李清照的画像和诗作。

二十七岁的宝苏就这样被二十一岁的徐江瑞深爱着。

她不用再为他带早餐，因为他一定会拎着豆浆油条等在店铺门口；也不用赶他回去上自习，他会见缝插针地展现自己的勤奋；就连站在门口拉二胡招揽客人，徐江瑞都把《万马奔腾》改成了《春江花月夜》这样煽情的曲子。

六年的年龄差距是个怎样都无法逾越的鸿沟，宝苏心里清楚得很。

她二十七岁啊！用契尔氏的小黄瓜水收缩毛孔，每天对着镜子噼里啪啦地扇自己的脸，无论下手有多狠，那些黑头和干纹依然会很顽固地浮在面孔上。

偶尔有温州来的富婆进店淘金，一走进来就笑眯眯地捏着徐江瑞的手："这孩子好小啊，是不是请的童工？"就一句话，听得宝苏的心好像被潮汐淹没一般，一阵接一阵地凉下去。

六月，徐江瑞学校有文艺会演，小男生要上台表演二胡独奏。她偷偷摸摸地去了，想给他一个惊喜。当时徐江瑞正穿着孔雀绿的唐装，如果不是腰上别着二胡，他看上去就好像四川茶楼里的小二。见到宝苏，他脸色"唰"地变得青白，吞吞吐吐地对旁边人介绍："这是我的表姐，来看我表演的。"

在年龄的面前，每个人都无法撒谎。那天晚上，徐江瑞表演结束后就被同学怂恿着出去吃饭，而她站在那里目送小男生像帝王一样意气风发地离开。她在青春的光芒四射中仓促微笑，反而更显得苍白而惨淡。

辞退徐江瑞那天，就有点像至尊宝和紫霞仙子站在墙头上的那场大戏。一个左右避让，一个咄咄逼人。

在古董店的红色光影下，就好像上演了一出无声的默剧，两个人拼尽了全力对峙。宝苏一点点掰开男孩的手指，把一团钞票塞进去。徐江瑞哭了，他红着眼眶不肯离开。

宝苏心一横就报了警，结果警察跑过来，语重心长地说："这属于劳务纠纷，你们得去找劳动仲裁解决。"最后她终于忍不住，一个耳光脆生生地扇到了男孩脸上，说："滚，以后我不想再见到你。"

手和心脏都在火辣辣地疼，她知道他也一样。

夏天，宝苏剥离了有徐江瑞的生活。其实小男生也断断续续来找过她很多次，孤零零地站在古玩店门口，道歉、承诺、好话说尽，她都不为所动。

她坚持认为，他们的爱情就是人生中一道炽热的烟火，转瞬即逝。

日子变得缓慢而安静，居然没有什么再值得期待的。直到2007年冬天，伦敦的医生打来电话，说老教授的类风湿发作，病情严重，几乎不能落地行走，宝苏这才明白为何父亲会日复一日地催自己移民英国。签证是早就批下来的，一个月后，宝苏将古董店盘给了父亲的好友，价格便宜，一切手续合同都从简。她一个人在家收拾了很久，丢掉平日里网购的化妆水和精华液，到最后能带走的，只有一箱过冬的衣服和几本家族相册。

元旦那日，她最后一次去古玩店收拾余留在那里的私人物品。刚走到门口就撞见了顽固的徐江瑞。他蹲在门口一根接一根地抽烟，面色憔悴，像是等了一夜的样子。见到她居然双眼通红恋恋不舍地说："我拿到了交换生名额，要去日本半年。"

宝苏的心狠狠地被揪了一把，神色漠然，仿佛什么都没听见一般从他面前走了过去。他有大把的青春，有青春在手的人是不害怕去犯错的。但她没有资格再错下去了，哪怕只是迎接一个炙热的眼神。

2008 年，宝苏人在英国，她报考了伦敦大学历史系的研究生，去的最多的地方就是国家图书馆和郊区的疗养院。

那是伦敦为数不多的晴朗季节，宝苏推着轮椅带父亲出门散心。女儿的到来，让老教授的病情稳定了很多。在散漫温暖的阳光下，他突然问及女儿曾经说过的那个男孩。

像是漏掉了半拍心跳，连呼吸都变得不沉稳。她没有说话，只是笑着替父亲拂去肩上的落叶。

2007 年，宝苏曾经寄过一张照片到伦敦。照片里是一对情侣，互相牵住手像是永远都不要分开的样子。

2007 年，宝苏曾经写过一封信到伦敦。用淡绿格子的信笺和黑色的水笔，一笔一画地向父亲交代自己的感情。说她爱上了一个小自己六岁的男生，说他勤奋努力，会是个有担当的男人。

2007 年，宝苏想过要嫁给那个会拉二胡的小男生。

但就这样结束吧，最好的爱是懂得放开。亲爱的徐江瑞，未来有她的祝福随你披星戴月，虽不能朝夕相对，也请不要伤痛欲绝。

烟囱

尚碧梅的十八岁很凌乱。父亲病逝两年后，母亲远嫁荷兰，把浦西的一栋祖业留下来做她生活的依靠。房子是一栋青砖碧瓦的三层洋楼，有很多空闲的房间。那时候她读高二，才刚刚领了身份证，她把描得花里胡哨的招租广告往路口那一堆人流、肾亏的小广告中间一贴，就找到了心宽体胖的范八宝。

那一年，范八宝考上了上海的大学，刚刚从福建某个富饶的小镇上出来。来的时候，他肥硕的屁屁后是一个蓝红条编织袋，他吭哧吭哧地拖着。洋楼的大门下一共才五级高高的台阶，他一共歇了五次。尚碧梅有些同情地看着他，随口问："要不要帮忙？"全世界人民都知道房东是不可以相信的动物，唯独范八宝，他面上一喜傻乎乎地说："你帮我搭把手就行。"女孩径直走过去，拉开编织袋一看，一袋子的书，厚的薄的新的旧的，花花绿绿的封面什么颜色都有。

2000 年，胖子范八宝入住桃浦西路二百三十三号。他住在洋楼里最小的那间房间，因为房租很便宜，拉开橘色的窗帘就是车水马龙的世界。早上，如果范八宝没有课，就会对着窗外呼啸而过的泥头车，用不太正确的发音背英文句子。尚碧梅在楼下听得直心烦，他把"I have a dream"念成"爱哈无耳猪"，他下楼时啃肉包子总把残屑掉在木质地板上，还总是偷偷地用客厅里的电话打长途，说那些一惊一乍的闽北方言，简直是土包子一个。

可是那个傻乎乎的范八宝，从学校下课回家会带一支已经融化的可爱多放在客厅的红木茶几上。洗衣服把柔顺剂当洗衣液，还顺带把她的羊毛裙子丢进洗衣机。和她说话时，经常紧张得挠自己后脑勺。他老实本分，努力地想展示自己憨厚的优点。

总的来说，保持距离是绝对理智的做法。

上海贵族尚碧梅，有丰厚的祖荫庇佑，大多数像她这个年纪的女孩都还在愁眉苦脸地应付家长，而她已经像是脱缰的小野马，想做什么就做什么。她很理智地选择鄙视那种对自己卑躬屈膝的男人。

于是她玩弄他。把他的房门钥匙孔用蜡堵住，然后看他惊惶失措地道歉掏钱换锁；把信箱里印着福建小镇邮笺的平信藏到客厅的壁炉里，几个礼拜后让他自己从炉灰里挖出来。有时候，她真觉得自己简直是个人才，连邪恶起来都能这么变态。

其实她想告诉他："离我远一点，好吗？"

2001 年的冬天，这座崇洋媚外的城市开始有了些许圣诞的气息。尚碧梅没有多少朋友，但她仍然决定要学电视剧里的洋鬼子搞一个派对。其实十来岁的小女生聚会能有什么新鲜的事儿，无非是无限量的酒精和呛口的烟草，音响里大声放 Pantera（美国的一支乐队）的重金属音乐。

平安夜那天，已是大二学生的范八宝从学校上完自习回来就撞上这一屋子的乌烟瘴气。回家的途中有个背着天使翅膀的比基尼辣妹在超市门口塞给他一盒糖果，他吓得连退几步，最终还是接了过来。

糖果用紫色的花纹纸包起来很漂亮。在他的家乡，每年春节都会有人很大方地派发红包，但从来没有人过圣诞节。他不懂这个节日有什么意义，但是他就是想把美好的东西带回家送给她。

结果糖果塞在怀里还没拿出来，一个头发染成紫色的小姑娘就扑上来吐在他身上。等他上楼洗干净换好衣服后再出来，派对已经散场了。

尚碧梅一个人孤零零地坐在一片狼藉中，喝足了啤酒脸涨得通红。她抓住胖子的衣服嘟嘟囔囔地撒酒疯，无理取闹，她让他讲《格林童话》，让他学挂在墙壁上的钟摆，让他用大舌头的粤语唱《海阔天空》，最后她要他钻进烟囱里找那条刻着父亲名字的项链。

五岁时她爬过一次烟囱，把父亲送给母亲的项链藏在了洞壁里，现在她记起了它的珍贵。

然后，范八宝想起了自己来这座城市的旅程。一个人从福建出发，跋山涉水，穿越九百七十六公里的路程。沿途没有一个人帮助他，亦没有谁和他聊天。中途转车时，他的包不小心掉到了站台和火车之间的狭缝中，乘务员冷冷地看着，后面的人不耐烦地催他快上车。直到他遇见了尚碧梅，她清清瘦瘦地站在屋檐下问他："要不要帮忙？"只一句话，已足够让他感动很久很久。

所以爬烟囱算什么呢？他愿意为她做更多的事。

上海的冬天没有下雪，胖子战战兢兢地爬上屋顶，望了望漆黑的烟囱。在老家，他时常像猴子一样地爬树玩，这种崎岖不平的墙壁才难不倒他。

他小心翼翼地钻进去往下溜，然后被卡住了——他实在太胖。

范八宝在这座五十年代修建的烟囱里卡了整整一个晚上，动弹不得。直到第二天尚碧梅从醉生梦死中清醒过来，才听见他微弱的呼救声。她手忙脚乱地打了120，后来想起医生没办法把他从烟囱里弄出来，她又打了119。

去医院的路上，尚碧梅一直在流泪。她想范八宝怎么这么蠢呢？她让他做什么他就做什么。她对他那么邪恶，可他还是愿意听她的。

刚到医院，裤兜里的诺基亚就开始鬼叫。母亲和她的荷兰夫婿回国过圣诞，就站在已经换过锁的房门外面。她望了望依然昏迷不醒的胖子，直到医生确认他已无大碍后才匆匆忙忙地赶回家开门。

尚碧梅不知道半小时后，当她被自己的外籍继父拥抱接纳时，已经醒来的胖子正衣冠不整地满医院乱窜，他不相信她没有留在自己身边，他在找她。

2003 年的春节后，来收拾范八宝行李的，是他福建的同乡，在上海工地做事，进屋就东张西望，踩了一地的泥。

尚碧梅一声不吭地收拾好行李，那一大袋的书她根本提不动。福建老乡走过来，满口闽北普通话："太沉了，书也不要了，留给你吧。""不行。"尚碧梅坚持，她知道胖子有多宝贝这些书。福建老乡轻轻地扫了她一眼："你给我他也看不到了，八宝过年前就被他舅舅接去台湾念书了，他给我打电话要我过来找找自己用得上的东西。"

这个骄傲的女生，突然开始疯狂地想念起胖子。

其实她真的有去找过他。在安排好母亲的第二天，她打车去了医院，在住院部找遍了外科、内科、骨科，差点儿没往妇产科里钻。但是她没找到他，护士说昨天那个胖子已经被学校的同学接回宿舍了。她这才想起一起住了快两年，自己连人家读的什么专业都没搞清楚过。

尚碧梅想了想，在书房里翻出已经干掉的水粉，用矿泉水一点点调开，画了幅花里胡哨的招租广告。路口贴人流、肾亏广告的地方已经换成了奥运宣传栏，她也没管直接往人家玻璃窗上一粘。结果真的有很多形色各异的胖子来应征，但都不像他。

她不知道自己想要什么，只是从来没有这么希望某一个人在网上看到自己的广告，然后就像在那个夏天一样，拖着巨大无比的袋子"吭哧吭哧"地爬进来。

2003 年春天，尚碧梅彻底失去了那个曾经卡在烟囱里的范八宝。在上海长住下来开公司的母亲见女儿整日郁郁不欢，就送给她一只被养得很胖的蝴蝶串串，真的是很肥的狗狗，整日都围在她脚边打转，踢都踢不开。她给狗狗取名叫范七喜。她拿块骨头喊"范七喜，爬爬"，狗狗就开始往烟囱里扑。喊"范七喜恭喜发财"，狗狗就两脚直立疯狂地向她作揖。

狗狗能听懂很多话，也能做很多事，唯独看不懂女孩的眼泪，也听不懂那句"死胖子你去哪里了"。

2004 年，尚碧梅高考失利后去了日本念书。她在日本待了四年，借住在一户小康的家庭里，他们对她很友好。尽管刚开始她的日语说得很别嘴，而且时常不脱鞋就踩进屋子，还把人家的和服当浴袍来穿。

她常常想起那个闯进自己青春期的胖子，他在二十二岁时为一个十九岁的女生钻进了烟囱，在烟囱里卡了一整夜。后来女孩终于明白了这就叫喜欢，但他已告别了自己的人生，下落不明。

奥运会期间，刚好是尚碧梅签证到期回国的时间。浦东国际机场内，几乎每一名入境的游客都被严格地检查了携带品。负责安检的保安挨个打开她带回来的瓶瓶罐罐，无非是那些昂贵的化妆水、眼霜和精华露。然后他拿出藏在包底的两只神奇的布偶，布偶的造型一半是黑白熊猫，一半是灰色的兔子。安检完，一转身她手里的Hanpanda（双面布偶）就撞上了别人的肚子。

旁边的游客都被这只动物给逗笑了。她跟人家道歉，又介绍这是日本流行的Hanpanda，半只熊猫和其他动物组合在一起就是这个产品的特色。因在那里待的时间太长，几乎是半中文半日语说得磕磕巴巴。

突然听见有人小声骂了句："小鬼子。"转过头，一个穿粉红色T恤的胖子正吭哧吭哧地拖着旅行袋向外走。她心里一紧，那背影似曾相识。尚碧梅提着行李想要追过去问，结果被身后的安检人员叫住，她漏掉了一瓶面霜。

再回头，人已经不见了，只剩下落地窗外正哗哗落下的雨。

2008 年盛夏，范八宝的生活是充满希望的，硕士毕业后回国接到上海一家外资银行的聘用。虽然工作辛苦，但是丰厚的薪水让他看到了希望。

到上海报到那天，范八宝想起了第一次来上海时的情景。那天在学校报到时有人嘲笑了他肥胖的身材，自尊心超强的他决定出来找房子住。拖着包走了很久，然后在橘子花香的盛夏遇见了那个踮着脚，张贴招租广告的清瘦女生。

他曾经那么喜欢她并且如今依然会想念，尽管也许再也无法相见。

范八宝拖着旅行袋走出机场，没走几步就听见身后有人群在哧哧发笑。回头望去，一个女人手拎着一只神奇的布偶，跟人家用中文掺杂着日语说话。在台湾读书时，身为愤青的范八宝就没少受那些亲日系女生的气，所以他愤愤不平地嘟囔了一句"小鬼子"，然后走开了。

机场落地窗外是哗哗落下的暴雨，似乎就要淹没全世界。

他们的故事就是这样落幕的。

这世界上就是有这么多的人，彼此一直想念着对方却偏偏擦肩而过。原来某些爱情的结束并不是淡忘或遗弃，而是可悲地错过了。

小城往事

这座叫蓬溪的小县城，有小小的繁华。

那天，周明朗就这样一路走过去，路过琳琅满目的两元店，桌子摆在路边的酸辣粉小店，还有一家十五元包做手脚的美甲店。最后他走进一家不起眼的饺子馆，叫了两斤三鲜馅儿的饺子，很开心地吃光了。

饺子馆的老板是个长得有些妩媚的女人，坐在油腻腻的柜台前，用涂了桃红色指甲油的手一张一张地数钱。周明朗走过去，指了指玻璃门上招小工的大字报说："你们在招人吧？"

"那就留下来吧，包食宿。"女老板很满意地点点头。她身后的玻璃门上，那张劣质的大字报已经被人撕去了一个角，"招洗碗工，待遇从优"这几个歪歪斜斜的字变成了"招洗碗工，待遇人"。

洗碗工，这是他的第一份工作。十九岁的他不懂得贪心，有吃有住就觉得很满足了。

　　那一年，他在城市的重点中学读高三。父母天天在耳边念，考不上好学校一辈子就完蛋了，会没有出息、没有前途，还不如死掉。于是他每日都挤在七十多人的教室里。身边的同学都变成了面如菜色、没有任何思想的做题机器，讲台上那位五十多岁的班主任，好像打过了鸡血似的，无时无刻都有无穷的精力去歇斯底里。

　　周明朗每天很早去学校，背着重重的书包，经过黑板角落那个越来越小的数字时，越发地觉得窒息和惊恐。没有娱乐，也没有活动，他甚至想不起来电视机长什么模样。他好厌恶这样的环境，觉得再待下去一定会死掉。

　　那天下午下课后，他走出了校门，在公路边拦到了一辆大巴，花了身上最后的二十元来到了小县城。他甚至来不及考虑父母，也不想考虑那两位让他日日夜夜都觉得缺氧失眠的亲人。

　　狭小的饺子馆居然还有一层阁楼，只有半米高的样子，朝街的一面墙是茶色的反光玻璃。那天打烊后，女老板说："你晚上就住这里。"她去仓库给他找被子和枕头，他站在饺子馆的中央，看墙壁上挂着的营业执照。执照里的女老板是素颜的，眉目清淡，看起来就好像是学生妹。

　　她叫莫蔚，是周明朗的第一位老板。

那是 2004 年，周明朗白天在客似云来的饺子馆努力工作，晚上就猫着腰躲进那半层高的阁楼，隔着茶色的反光玻璃看渐渐闪耀又渐渐熄灭的城市。

他还只是名洗碗工，没有多余的钱去享受小城日渐繁华的夜生活。空闲时，唯一的娱乐就是斗地主。饺子馆的老版加上厨师服务员一共只有四个人，上午的生意总是清淡的，他们就在馆子的饭桌上斗地主。

初夏的天气明媚清新，有天光穿过饭店的玻璃窗透进来，周明朗就坐在莫蔚身边隔岸观火般地旁观。他们赌很小数额的零钱，但是莫蔚玩得好开心，赢的时候会很夸张地笑。隔着她厚重的妆容，似乎能临摹出一张稚嫩的脸。

其实她只不过大他四岁，高职毕业后不愿沦落为无业游民，就从家里拿了一笔钱出来开了这家小小的饺子馆。

总比那些大学毕业后，还要在外面给人打工受气的人来得强啊。莫蔚就是这么说的。二十三岁的年纪，她已经修炼得相当世故圆滑了。不像周明朗，有时候他宁愿躲在厨房面对那些油腻的碗筷，虽然辛苦而且没出息，但是至少日子过得很单纯。

其实他有在偷偷地喜欢莫蔚。那个大雨倾盆的下午，周明朗坐在门口的凳子上打盹儿，没有带伞的女老板就这样冲了进来，浑身已经湿透了。大约用的是不防水的劣质彩妆，再加上淋了雨，那张明媚素淡的脸就在他眼里渐渐显山露水了。

　　但是她察觉不出他的暗恋，来饺子馆吃饭的男人很多都是五大三粗的型号，他们爆着粗口，很豪爽地喝着冰冻啤酒，最后还不忘把写了电话号码的纸条塞到浓妆艳抹的女老板手中。而她不惊不慌，一个接一个地赴约，像极了电视剧里那些老谋深算的情场老手。

　　2004 年，没整容成瓜子脸的容祖儿在唱："若我难以讨好一个人，难道要怪天主作弄人，无论被他怎么吸引，都不必再等就算肯。"饺子馆的 CD 机里终日反复地放这首歌，日子长了，周明朗就听得有些胸闷。那种日复一日的情愫，仿佛是在时光中慢慢积累的灰尘，已经变得厚重，压在了心上，主宰了他的呼吸。

　　那天他陪她去菜市场拖货。足足五十多斤的猪肉，周明朗憋红了脸也要一个人搬回馆子。最后他蹲在仓库的地上，仰视着莫蔚，有些口齿不清地表白："我喜欢你，我想照顾你，我们在一起吧。"

　　女老板站在仓库门口，因背着光，面目模糊成一片。但是周明朗看清了，她的眉眼中闪耀出的光芒，是默认的笑意。

　　秋天的时候，周明朗搬到了莫蔚在饺子馆旁边的小公寓住。

　　在一个拥挤的民居内，没有厨房，邻居们都挤在过道上搭炉子做饭，过道的缝隙间塞着舍不得丢掉的旧家具和孩子玩厌的绒布玩偶。空气里终日弥漫着一股呛人的油腻味和潮湿的腐朽气味。

有几户人家的孩子正在读高中。每日的清晨或深夜，周明朗牵着莫蔚的手经过，都会听见隔壁有人在很努力地背诵英语单词。他又开始庆幸自己并未丢掉学来的知识。

如果没有离家出走，现在的自己应该是在大学里吧。他突然觉得有些后悔，离家已经大半年，从前在他眼里，父母那两张面目可憎的脸，似乎也渐渐变得柔和起来。可是后悔有什么用？路是他自己选择的，他有出走的勇气，却未必有勇气再独自回去。

有些沮丧的周明朗，如今已经不再躲在小厨房里洗碗了。莫蔚说他有文化，数学比自己好，就要他负责收账。于是他脱掉了脏兮兮的衣服，面目整洁地坐在柜台后面。

莫蔚很喜欢周明朗叫她"婆娘"。这座小县城的土话，婆娘就是老婆的意思。每次有人吃完饭，一招手，周明朗就拿着账单屁颠屁颠地跑过去说："谢谢，十二块。欢迎下次再来。"客人若给出的是整钞，他就会回头对着厨房方向喊："婆娘，要换零钱咯。"

周明朗的父母找到饺子馆的时候，周明朗就是这样正朝着里面喊着莫蔚的。那个阴雨连绵的中午，两个加起来一百多岁的老人几乎是发疯一样地朝莫蔚扑去。他们说是这个狐狸精拐走了他们的儿子，如果不是这个狐狸精，他们的儿子早就考进重点大学了。

那天莫蔚化了很浓重的烟熏妆，穿着金光闪闪的小夹克，很固执地站在原地，任凭老人在她身上又打又掐，也纹丝不动。混乱中，她望向周明朗，后者正很懦弱地躲在一边，无能为力地看着这场力量悬殊的战争。

周明朗跟在父母身后离开县城时，饺子馆已变成了一片狼藉。关上门，二十三岁的女老板坐在房间中央，她没有落一滴眼泪。

这是一场荒诞的旅途，他们被莫名其妙的爱情击中，最后也被爱情遗弃在半路。

尽管周明朗知道，回学校还会是从前那个样子，但没有选择的他必须要回去。缴过一大笔复读费后，周明朗就这样又挤进了熙熙攘攘的高考大军。大约是害怕儿子再次离家出走，父母的态度居然转变了很多。只要上学，考什么学校已经无所谓了。

于是没有喧闹的日子，就这样过着，匆忙而安好。他勤勤恳恳地念书，弥补被自己遗弃的那大半年时光。只是偶尔在休息的间隙，会渐渐想起莫蔚那张明艳的脸。她站在那场混乱的中心点，望向他的时候，眼神里的光芒一点一点地暗淡下去。然后他的心就好像被谁的手抓了一把，生生地疼了。

他懦弱，无耻，不懂得负责任。他罪孽深重，亦不配再去想念莫蔚。

2004 年，周明朗考上了四川大学。很俗气的计算机系里，大多是戴着眼镜闷头念书的男生。周明朗在大学里也有过几次恋爱的机会，那些女生站在他身边，不施粉黛，个个都好似患上软骨症一般的小鸟依人人，哪里比得上莫蔚的春光明媚。

后来他终于有了女友，是医学院的文静女子。戴着眼镜就很难化妆，身上总是一股淡淡的消毒水的味道。女友生日那天，他带着她去学校旁边的眼镜店配了副隐形眼镜，又去附近的美宝莲专柜买下一整套彩妆。一席打扮下来，她竟然似脱胎换骨一般，光芒四射。

可是女友不喜欢，隔日就把眼影送给了同学，戴回框架眼镜去解剖楼研究人体的神经组织。"搞得不三不四的样子，别人还以为我学坏了。"女友在电话里是这样抱怨的。他挂掉电话，便决定要慢慢地和她淡下来。

周明朗，他的心里还住着一个影子。那个影子沧桑而天真，复杂却又有些单纯。似被时光烙上一个吻痕，起初以为是会渐渐消退的淡红，但那印记在经过时光的锤炼后，却越发浓艳起来。

成都到县城，如果坐大巴，只需要六个小时。即使他心里再如何翻江倒海，也没有真正起身去寻她的勇气。有时候懦弱是习惯，时间长了就会深入骨髓。

2009 年，周明朗大学毕业。在人才市场兜兜转转好几个月后，终于签到了一家外资企业做小白领。打工不比自己当老板，进公司的第一件事居然是被派到偏远的城镇，打着公司的名号做三个月支教。

于是他又回到了这里。

此时的周明朗二十四岁，配了一副很潮的黑框眼镜，烫了韩式的小卷发，一副意气风发小年轻的模样。

莫蔚的饺子馆还在那里，玻璃的门窗，红色的大字报上依旧写着"招工启事"。

第一天，他在对面的街道上站了很久，直到天"哗啦啦"地落下雨来，他浑身淋透了也没有勇气走进饺子馆。次日，他又去了。他积攒了一夜的勇气，打算走进馆子，叫一份三鲜馅儿的水饺。若她还认得他，那么就还有破镜重圆的机会。

2009 年初夏，县城终日有雨。

饺子馆的老板莫蔚借着生意清淡的时光，拉着伙计玩斗地主。小赌怡情，所以他们玩得很小。这时玻璃大门被人推开了，有个打扮得很潮的男人走进来，大约是来过几次的熟客，眉目看起来有些眼熟。他很羞涩地叫了一碗三鲜馅儿的水饺，然后静静坐在那里。

她坐在柜台后面打开墙壁上的电视，容祖儿正在煽情地唱那首《搜神记》："忘掉谁是你，记住我亦有自己见地，无论你几高，身价亦低过青花瓷器……"她听得出神，以至于那个貌似熟客的男人走过来买单时，她恍惚中少找了钱。她反应过来，追出去要把钱还给他，男人没有听见。

他淋着雨，在人潮中渐行渐远，最后变成一个小小的点。

他是那个罪孽深重的人，为了赎罪追了很长一段旅程，最后却发现一切不过是他自己幻想的一段爱情，用了她的样子和她的体温。

牡丹亭盛夏等爱

从看到沈白同学的第一眼起，我就应该知道，他不是个吃素的娃儿。

2004年的夏天，我在街心公园的牡丹亭设局对弈。用文具店的塑料象棋，和一群闲得发慌的老头儿在巴掌大的江山上厮杀，杀得兵荒马乱血肉模糊。我输了，证明老爷子宝刀未老，皆大欢喜；赢了，对不起，请给苏薇姑娘五块大洋，这是糊口的小生意。

其实那些下了半辈子象棋的老爷子们哪会把我放进眼里，他们说我是没发育完全的黄毛丫头，而且是头发长见识短的那种。结果那段时间，苏薇姑娘就在牡丹亭下金戈铁马威震四方，狠狠地小赚了一笔。

然后，沈白同学出现了，戴着运动墨镜背着网球拍，看样子像是在附近打完球顺路观战的好事者。

虽然我一直都相信美貌和智商往往是成反比的，拥有像沈白那种已算没天理的美貌的人，智商应该等于零才对。但君子不敌小人，当我和一位老教授杀成了征西局难分难解时，他站在旁边，含着可乐吸管指点江山："兵五进一，将六平五。车三平五，将五平六……"

于是我就输了。

那群老头儿高兴得很，主动掏钱给他买冰激凌买薯片，把他留下来破我的杀局。结果我那天的收入如一支倒立的箭头，这让我在讨厌沈白的同时，又有些黯然神伤。

象棋神童苏薇，六岁就知道了何为五步马，十八年来所向披靡难逢敌手。但在2004年的盛夏，我在牡丹亭遇见了沈白，他咬着可乐吸管无辜地眨巴眨巴眼睛就把我给打败了。

这简直是人生的耻辱。

那年我住在梁家巷二十六号，从牡丹亭向东走到第三条柏油马路最后那个没有路灯，经常会踩到死耗子的民房小巷就是了。小巷的路口是下岗工人夜市，不下象棋骗钱的时候，我就帮小舅在巷子口的夜市摆夜宵摊，卖鱼丸、酸辣粉和烧烤。

沈白来的那一天，我正撅起屁股蹲着剥大蒜，圆滚滚的蒜头放地上用板砖一拍就扁了。摊子上来了一群很豪爽的客人，点了好多烧烤和啤酒。我要等收摊了才能吃饭，闻到那些诱人的味道就饿得想死。

我站起来，偷偷溜进巷子里，摸出裤兜里那根皱巴巴的白沙烟。烟是白天在小舅那里偷的，一根烟折成两段就可以抽两次。正当我蹲在死耗子旁边很销魂地吞云吐雾时，沈白跑进来了，手里还捏着一串烤土豆，边啃边苦口婆心地说："你还抽烟啊？女孩子抽烟对身体不好啊。"

我扫了他一眼，没理他。

十五岁那年有人告诉我，如果很饿的话就抽烟，因为把烟草吸进肺里就会慢慢忘记饥饿的感觉。所以我一抽就是三年，饿得不行了就抽烟，抽完了就有力气继续出去剥大蒜，卖烧烤和赌棋。

那天，沈白是和同学一起来的。一群人浩浩荡荡地离开前还有十串肉串没来得及上。他留给了我说："就算是那次害你输棋的补偿。"我很有礼貌地说："谢谢。"可没等他们离开摊子，那十串肉串就被小舅端去了别人的桌子。

所以每个人都有自己的命，如果我的祈祷连上帝都听不懂，那沈白这种智商就更不可能看出这么有内涵的事了。

秋天，我像甘蔗一样又长高了一大截。小舅把前女友留下的衣服翻出来给我穿。那些桃红艳黄的衣服套在身上，往牡丹亭下一坐，就好像公园里一朵永不凋零的塑料花。

沈白常来看我下棋，混在乌合之众中乱吼一通。那些老头儿输了棋不再给他买冰激凌和薯片，他就自己捧一堆零食边吃边看。如果一个处于发情期的男生能盯着你看十秒，不是你脸上有狗屎就是他对你有意思。这些道理我都懂，但那时我已有了大熊。

大熊是附近那所卫校的学生，身高一米八，染红头发，弄得像只火鸡。那天我去卫校送完外卖，蹲在门口的花坛边抽烟，他跑过来递给我一支"三五"说："美女，你是几班的？交个朋友吧。"我想了一下，接过烟说："好。"

我没想过要对沈白隐瞒什么，因为他很快就知道了。我和大熊同学手挽着手去公园散步，我们聊天、拥抱、谈笑风生，转头就撞见沈白，背上背着球拍，鬼一样地蹲在牡丹亭的台阶上。当时我心虚得半死，目光扫荡过去假装没看到他。

当天晚上，沈白就跑来找我。在小巷里，我们蹲在一片漆黑中抽烟，他学着我的样子用鼻子吐烟，结果被呛得眼泪汪汪的。到最后他很动情地问我："你说他有什么好啊？"我朝天上吐了个烟圈："至少比你好。"他沉默了一下，低声说："其实，我也会对你好的。"就在我盯着他那张花见花开的脸看得很痴迷的时候，沈白同学突然惊叫一声蹦起来，有老鼠爬上他的鞋子。

　　看吧，我们根本就是两个世界的人。我是一个经常吃不饱饭，只配跟火鸡恋爱的女生。这就好像是下象棋，就算车能横冲直撞所向披靡又如何？有时候终究是隔得太远，还不如一个过了河的小兵。

　　其实电视里早就反复教育过年轻人，早恋是没有好下场的。

　　半年之后，大熊要去外地实习。据说卫校的男护士都会被分配去邻市的一家精神病院，专干体力活。那天我几乎是一路小跑着去找大熊，正撞上卫校送实习生的空前盛况：一群打扮得像火鸡的孩子围着大巴车送行，看上去就像是火鸡开会。

　　我在人群中找了很久，终于在大巴的屁股后找到正抱头痛哭的两个人。大熊和另一个火鸡姑娘蹲在那里哭得是相当煽情。小姑娘口齿不清地问他："你会娶我吗？"大熊点头："我会的。"

　　我跑到对面街道，掏出一包"小熊猫"，边抽边看这两只苦命鸳鸯分别。当然我不是饿。烟是沈白那位处长老爸的，我陪他下棋，赢一局他就给我一包。那段时间我赢了差不多一条烟，带回家偷偷压在床板下，被小舅看到了，他说我不学好是女流氓，胖揍我一顿后就把烟全拿走了。

　　抽到第三根烟时，我终于醒悟过来了："这就是失恋啊。"然后我跑去牡丹亭和老头子赌棋，输得一塌糊涂。一扬头就看见刚打完球的沈白，后面还跟了个和他很有夫妻相的小丫头。

那小丫头对象棋的理解还停留在马走日字象走田的层次，当我和沈白杀得昏天暗地的时候她就坐在一边欣赏她刚做的指甲，掏出镜子拔拔眉毛，偶尔瞟过来一眼："你的马不是可以吃掉这个炮吗？"

人的忍耐是有限度的，但我还是用很含蓄的方式表达了自己的不满——恶狠狠地瞪了沈白一眼，然后跑了。其实我和沈白之间，大部分的情感交流都是通过这种眼神来对暗号的。那天我的意思其实是："我快没烟了，晚上送烟来。"结果他真来了，没带烟却带着自己洋娃娃一样的女朋友。

他们隔着一桌子烤韭菜眉目传情的时候，我就蹲在炉子旁边很亢奋地剥大蒜，有炉灰吹进眼睛，揉一下眼泪就出来了。真恨不得一巴掌扇死自己，你当自己是仙女下凡啊，拒绝了人家，人家凭什么还等你啊？结果越这样想，眼泪就越止不住，到最后干脆跑去巷子里哭得昏天暗地。

但不管是下棋抽烟还是痛哭，沈白总会在我最销魂的那一刻出现。他溜达过来，心平气和地问："你是不是吃醋了？"我没听清，把一只死耗子踢到他腿上："你才吃素了。"楼上有人泼一盆水下来，怒骂："大晚上的，鬼嚎什么！"

然后沈白走过来，抱住淋成落汤鸡的我。他的身上有一种阳光的味道，能够温暖我的整个世界。

原来，车过河也是件很简单的事，只要你允许。

大熊蹬了我，沈白蹬了他的小女友。

我们手拉着手谈恋爱，去牡丹亭找老头儿单挑，蹲在街边像流氓一样抽烟。沈白那时已经是高三的学生了，可怜的孩子天天做题，还得抽时间跑出来和我恋爱，这段时间他的成绩呈直线下降的趋势。

被他妈发现是因为沈白犯了一个显然是低 IQ 的人才会犯的错误。他把我们的大头贴放进钱包，因为他坚信父母是很懂得"个人隐私"的。结果他妈抓住我们的那天，他正陪我蹲在路边很高兴地剥大蒜。

女人不了解自己儿子，但是显然很了解我。沈白被送回学校后，她又来找我了，很有修养地说："我知道你是个好女孩，但是我们家沈白是要出去念大学的。你很喜欢他，是不是？"

我点头。她又掏出一个信封："我知道你是个明白事理的孩子，让他安心好好考试，可以吗？"

通常在这种情况下，我应该跳起来义正词严地骂这个棒打鸳鸯的"老巫婆"。但是我没有，我把满手油污在围裙上蹭了下，然后接过来说："阿姨，您可以放心了。"

她说得委婉，但我是明白的，比起沈白的未来，我们的爱情轻如鸿毛。为了表示自己的洒脱，我干脆就当着她的面打开信封一张一张地数钱。

数完钱，一抬头就看见站在街道对面的男孩。他背着一只五十升的大包，东西装得满满的，那样子就像是下定决心玩离家出走的孩子。

我不知道他在那里站了多久。我想冲过去，终究失去了勇气。原谅我，沈白你是个有福气的孩子，有不可限量的前途；可我，只有一段轻易就能望穿的人生。

夜那么深，昏黄的路灯将他的面容照得太模糊。最后，他拦了一辆出租车走了，再没看我一眼。

很久以后，我二十一岁，看起来终于像是个发育正常的成年人。我在城里最大的百货公司找了份站柜台的工作，白天站在那儿一个劲儿地对着人傻笑，晚上去上电大念计算机信息管理。

每周一天的休息时间，我就去牡丹亭陪老头儿们下象棋。对于沈白所有的消息，都是从下棋的老头儿那里知道的，他时常写信给他们，说自己考进医科大学念麻醉系，大二时有了一个女友，大三又分手。但是他始终没有说过自己什么时候会回来。

下棋时不再和那群老头儿赌钱，而是谁输了谁请喝茶。于是我就时常输，因为每每下到一半就习惯地扬起头，在一群脑袋中寻找那张年轻的脸，好像很快他就会出现在这里一样。

2008年盛夏，是我在牡丹亭等待的第三个年头。

其实我不知道还需要等多久才能等回那个不该离开的人，也许是一分钟、一个月、一年、十年，但哪怕是耗尽了一生，我都愿意等。

苏花信的婚纱

那天，苏花信是穿着VeraWang的婚纱来的。大约之前走了很长的路，荷叶一样一折一折地蔓开的裙尾上有大块大块的污迹，直到旁边有人提醒，她才慌慌张张地提起裙角露出那双粉红色匡威帆布鞋。

她失魂落魄地坐在那里吃了碗韭菜水饺，然后摸了摸身上的婚纱对周南说："老板，我没带钱。"

2007年初夏，周南在白缎路经营着自己的小快餐店，供应着这座城市里最廉价的酒菜和免费的茶水。来店里的客人大多是汗流浃背的民工和外表光鲜收入微薄的小白领，快餐店利润微薄，遇到检查时，店门上还会被贴上红色的封条。

周南没钱，甚至活得有些卑微，但这并不妨碍他对一个漂亮女人的怜悯，他给她端来一杯加满冰块的珍珠奶茶。女人脸红了，手足无措地捧着塑料杯。

　　奶茶里的冰块慢慢融化，浸入掌心。她已经很久没有喝这种廉价的饮料了。原本此时她应该在喜来登自己的婚礼上，但新郎在拿走她四十万的积蓄后就再没有出现。后来，她撇开了一群人固执地寻找了他好久，从他居住的房子到工作单位，她还去了初次遇见他的地方，拿着他们的婚纱照，拉着路过的行人打听他的下落。而现在，她无处可去也一无所有。

　　周南陪她去公安局报了案，年轻的警察扫了眼那张皱巴巴的婚纱照说："这个男人是个骗婚的惯犯，我们也通缉他很久了。"

　　新郎在和她结婚之前，已经和其他十一个女人结过婚了，她是第十二个。她一边听着这些事，一边面无表情地填写表格，用黑色的原子笔一下下地划上去，字体工整。周南很担心眼前这个女人会突然失控或者号啕大哭。他不太接触女人，也不知道如何处理这种局面，所以，他有些慌张地拉住她的胳膊说："走，我请你喝酒。"

　　那个晚上，就在周南的小快餐店，他们喝了整整一箱的金威。他听她说在城市拼了多久才有了这份家业，说自己是如何下定决心结婚的。中途他起身炒了一盘醋熘莲藕，回来时女人已经彻底醉倒了。

　　他只好拖她回出租屋。屋子狭小而潮湿，只够放下一张一米二的床垫。她穿着蓬松的婚纱趴在那里，男人只是犹豫了半秒，手就覆上来，战战兢兢地在她背上寻找婚纱的拉链。一切都是水到渠成的事。他小心翼翼地用手搂着她的腰，在一大团婚纱上一遍又一遍地索取。

他看着她在自己的身体下微闭着双眸，脸上微微泛红，享受着朝霞绽放那一瞬间的生动。他突然想起，自己还不知道她的名字，也许她不过是在最绝望的时候随便找了家店走进来，然后找到了同样需要依靠的自己。无关道德，也无关爱情，所以离开的时候亦能毫发无伤。

只是在最后，他抑制不住朝她狠狠地吻下去，问她："你叫什么？"女人回答："苏花信。"

周南是个粗人，他不会上网也很少看电视，唯一可看的便是报纸。他会从社会版看到军事要闻，最后才看娱乐版。

苏花信这个名字，就是在报纸的娱乐版上看到的。

第二日在她悄悄离开后，他就在白缎路上顺手买了一份南都。第七版的娱乐头条便是那个穿着洁白的 VeraWang 婚纱，一脸茫然的新娘。

她是国内某位人气明星的经纪人，终于和从未露面的神秘男友修成正果，却在婚礼当日惨遭抛弃。照片上的她露出瘦削的锁骨，那是他昨夜用唇落下烙印的地方。那份报纸，他小心翼翼地看了又看，以至于把客人点的鱼丸面煮糊了，他想他们不会再有相见的机会了。

但是打烊前，她走进来很冷静地说："老板，要碗韭菜水饺。"

换上了牛仔裤和 T 恤的她显得特别清纯，好像名刚入世的大学生。

他兴高采烈地跑到厨房给她下饺子，还端了杯冰奶茶。吃完饺子，他们一起回了周南的出租屋。凌晨一点，两个人不紧不慢地走在路上。路灯下，跟在身后的女人看男人的背影有种很不如意的沧桑，在圈子里混了那么久，她依然保存着无可救药的浪漫。她向前快走了几步，拉住他的手。

他们的关系就这样渐渐稳定下来。女人每隔几日就会出现在白缎路的小饭店里，吃一碗韭菜水饺然后跟着男人回家。

但有时候她会连续一两个月都没有踪迹，这时候周南就会很仔细地翻看每一份报纸的娱乐版，寻找她的下落。他没有她的地址，也不知道她的手机号码。

他们之间是不是爱情，他不知道，只是见不到她时，他很想她。

后来的某一天，周南意外地得到了一张电影首映礼的门票。

他汗流浃背地挤在人山人海的队伍中等待开场，然后他见到了苏花信。她就站在红地毯的另一端，穿着与平日不同的香槟色礼服，发髻低绾。她没有看到他，只是很专心地替即将要走红毯的艺人打理衣着，然后退到一旁的工作人员通道门口，只等时间一到就悄然无息地走进去。

他喊她名字的声音被淹没在粉丝狂热的呐喊声中，他又使劲向前挤，企图让在另一边的她发现自己。但是前面站着的，是几个蛮不讲理的孩子，他们把周南揍趴在地上，然后用脚狠狠踹下去，踹得他鼻青脸肿。

　　保安过来了，疏散开人群，她远远地看到他瘫软在地上，面无表情地转身走掉。她是不想让彼此变得尴尬，无论他们在床上是如何亲密无间，丘比特的羽箭一旦落入了凡间就会被沾染上烟尘。

　　但他理解不了她的做法。

　　从医院回来后，他头上贴着纱布给自己做了碗云吞面，放了很多辣椒痛痛快快地吃进肚子。然后他看见店里走进几个戴红袖章的人，他们问他："你有卫生许可证吗？你有经营执照吗？你在工商局备案了吗？"

　　他开的是小快餐店，不偷不抢，每个月赚的钱能够让他在农民村租间十五平的小屋就已经很满足了。那些人的话让他很受打击，他们是要断了他的生路。于是周南把手里的筷子往桌子上一拍，凛然大气地搬起煤气罐就要和人家拼命。

　　事情一闹大，警察和记者都来了，他们在小快餐店的门口绕上黄色的警戒线，不让人进去，亦不给他退路出来。他从未经历过这么大的事，不知道如何下台，脸上憋出了青筋，抱着一大罐煤气蹲在那里。有谈判专员走上来，问他："你有什么需要吗？我能帮你。"他想了想，说出了她的名字。

　　半个小时后，苏花信被警车带来了，穿着首映礼上的小礼服，脸上还挂着副墨镜。有记者认出了她，他们冲上去想采访她，但被警察拦住了。

　　她越过那条警戒线跑进小饭馆，看见男人正无聊地蹲在那里，嘴里叼着一根白沙。周南一见到她就哭了，其实他只是想见她一面，但为什么要闹出这么大的事来？女人和他并排蹲在煤气罐旁边，她抱住他的肩，亲吻他的脸颊，说："没事了，一切都会好的。我在这里。"

　　十分钟后，男人被苏花信牵着手走出来。围在外面的警察一拥而上，钳住他的手臂，将他的脑袋按在地上。早有娱乐版的记者闻风赶来，同样一拥而上，用闪光灯疯狂地拍她那张残妆倦容的脸。

　　他们的关系，就这样狼狈地被推到了光天化日下。隔日，小饭店被贴上了红色的封条，有很多看起来很八卦的陌生人在白缎路上的其他小饭店旁敲侧击。

　　他进拘留所的第二天，她就被所在的娱乐公司火速召回了台北总部。一名经纪人能把自己搞出丑闻来，真是前所未闻。他们停下了她的所有工作，把她正带得风生水起的艺人转给了她的竞争对手。公司的掌舵人——一个四十五岁的男人，坐在沙发上对她说："再给你一次机会，你现在去马来西亚。"

　　于是她起身去了机场，连回头的时间都没有。

　　她在马来西亚带一位从印度选秀出来的小明星，没有名气，语言不通，也不够专业，所以她带得很辛苦，二十四小时都在工作，多余的时间仅仅够吃一碗水饺。

马来西亚的中餐做得很奇怪，他们会在饺子里包上豆沙、虾仁、玉米粒，唯独不知道还可以放韭菜。她时常捧着碗蹲在后台的某个角落，胃突然就翻江倒海地疼起来。

她不知道自己是不是想念那个男人，也许她刚开始有些想念他，然后觉得那应该就是爱。多么不可思议，那个男人看似一无是处，唯一能做好的事就是为她做一碗韭菜水饺，可她已经离不开他了。

其实在大马，也有和他相似的男人，在亚热带的太阳下肌肤又黑又结实。有一次，她带着小明星做一档户外冒险类节目，主持人欺负他们人生地不熟，怂恿苏花信和小明星绑着绳子从三十层高的楼上往下跳。刚刚站到屋檐上，苏花信就吐了，她有很严重的恐高症。

这时，一个肤色黝黑模样憨厚的男子走过来，把苏花信换了下来。她认识那个男人，是大马家喻户晓的娱乐人物，拍电影、开唱片公司、搞娱乐节目，无所不能。节目录完后，男人请她去自己家里品尝1987年的干邑。她想想，还是去了。在娱乐圈里混，不就是这么回事吗？

男人在新近的一部电影中给小明星安排了一个角色，苏花信拿到一半的片酬。那天晚上，她躺在男人两米宽的水床上，脑海中交替出现周南的样子。

半年后，小明星依仗着那部电影在大马娱乐圈出人头地，苏花信辞职回国，口袋里装着一张数目不菲的支票。

在去白缎路的途中，她一直在想如果再见到他该说些什么话。

她现在又有了足够的钱去经营自己的爱情。也许她应该问他有没有保存当初自己留下的婚纱，或者问他愿不愿意将婚纱穿在她身上，她心里充满了一种幸福的期待，就藏在左胸的位置急切地跳动，仿佛下一秒就会横空出世，破茧成蝶。

然后她走下车，心脏凝固成了一团。

那家小饭店已经换成了一家灯光隐晦的情趣用品店，走进去后，一个带着粗布袖套的女孩朝她微笑。她很冷静地走出来，向前几步拐进另一家小快餐店。她失魂落魄地坐在那里，连着叫了好几碗韭菜水饺，直到自己吃不下去才停下来。

然后，她哭了。她爱他，她不能忘掉他。

周南在拘留所待了三个半月后，被放出来了。在拘留所里他们也给看报，但是会抽掉娱乐体育那几页，只允许看正正经经的新闻版，所以他出来后的第一件事就是买份当日的报纸。

他捧着报纸蹲在马路边，哆哆嗦嗦地翻到娱乐版。他看得特别仔细，连报纸中缝的小广告都没放过，终究找寻不到她的踪迹。经过那件事后，小快餐店已经不可能再继续营业下去。缴完罚款，他余下的钱只够他在这座城市里等她十天，每天他几乎买完了所有的报纸来寻找她的下落。

离开这座城市的前一天夜里，周南把那件脏兮兮的婚纱翻出来，她第一次离开时留下了婚纱穿走了他的 T 恤。现在，当他用力地把婚纱抱在怀里时，仿佛还能闻到她的气味。

他多么想念她，却不知道她在哪里。

第二天一大早，他把她的婚纱和几件衣服一起塞进旅行袋，去车站买了一张回株洲的火车票。

回家的火车在凌晨出发，历时十二个小时。坐在他座位对面的，刚巧和他住在同个镇子的女孩。年纪很小，在工厂干了四年刚满二十岁，就被父母催着回去相亲。女孩子的见识比他广，坐在对面滔滔不绝地说周老虎，说范跑跑和王十元，后来又扯到了把红楼拍成了蛇妖聚会的叶大师。

火车上十元一盒的饭菜，味道让他作呕，对面的女孩连忙打开一瓶农夫山泉递给他。她的手干了那么多年的活，有了与年纪不太相称的粗糙。他说："你应该找个男人好好在家享福。"女孩一听就哈哈大笑了起来，和他扯起工厂里流传的荤段子，一副没心没肺毫无心机的模样。

他觉得她很可爱，苏花信和自己在一起时，从来不会这么啰唆。他记起自己生日那天，兴高采烈地拉着她去街头的机器上拍大头贴，二十元八张。男人的表情照出来是千奇百怪的，而女人始终是一个姿势，偏着头嘴唇抿在一起上翘，笑得那么薄凉。

出了火车站，他们一起转汽车回家。女孩带了很多土特产回来，一个人拖着老大一个箱子慢吞吞地走。男人害怕两个人走散了就回过头，一把将箱子拎在手上，另外一只手拉住她在人流中穿行。

两周后，男人提着瓶二锅头去女孩家和她父亲喝酒。穷苦家庭的父母，对女婿没有什么特别的要求，能吃苦有力气干活就够了。事情一定下来，他们就去民政局领了证。

结婚那天，女孩身上穿的是全镇上最漂亮的一件婚纱。也有人嚼舌根说那不是婚纱，因为裙子很小，裙摆就好像荷叶一样一折一折地蔓开，一点都不像影楼橱窗里那条大蓬蓬的裙子。他们不知道，婚纱的设计师是那个叫 Vera Wang，出生在美国纽约的中国女人，她替贝克汉姆和维多利亚的婚礼设计了婚纱，从此风靡时尚界。这些事连那个男人也不知道。

他只记得曾经有一个女人，她在某个炎热的初夏，穿着这件婚纱投奔到他的怀抱。

他曾经爱过她，他决定忘掉她。

万水千山有相逢

水琴的好看，在她居住的那座边陲小镇是出了名的。

2014 年，她刚满十八岁，随母亲从他乡过来后，就开始在城西的酒楼做收银员。这座小镇以饲养淡水三文鱼而远近闻名，从外地慕名过来尝鲜的旅客络绎不绝，有手挽着手头发花白的老年夫妇，有带着小孩自驾游的夫妻，还有腻腻歪歪的年轻情侣。

他们在酒足饭饱离开小镇时会说，城西边那家酒楼的收银姑娘长得真好看啊，眉目清秀，有一种诱人的韵味。

当然也有对她的外貌无动于衷的人，例如酒楼对面那家修车店的老板。

每天早上水琴骑着自己的小电驴过来上班，没有客人时，她就坐在收银台后面，无所事事地看着对面修车厂的工人把各种颜色的小车吊起来，捣鼓一会儿再放下去。她从一个偏僻的乡下过来，那里没有修车厂，所以她觉得很新奇。

车厂老板是个三十来岁的男人，鼻梁高高的，剑眉星目，水琴觉得他低头的时候，侧颜像极了霍建华。但他很少说话，水琴每天路过车厂的时候都会和他打招呼，对方也不过点点头，又低下头继续倒腾手里的活儿。

当然也有别的女孩子来找他，有段时间水琴每日从车厂经过，都能看到一个年轻的女孩，剪着利索的短发，嘴里嚼着口香糖，坐在门口的椅子上和他聊天，手指间还夹着烟，一身的社会气息。她经过时，看到她睫毛下的卧蚕都在闪闪发光。

年尾的时候，母亲和继父从沿海打工回来过年。大约是赚了些小钱，老头子整日在街上晃悠，找人吹牛打牌喝酒。

喝多了就会打人，母亲被打怕了，连着几天都躲去了邻县的亲戚家里。那天水琴下班刚出酒楼大门，满嘴喷着酒气的老头儿就冲上来要打她，一边打一边问她把自己老婆藏哪儿去了。

她自小在重男轻女的家庭里长大，平时被人欺负惯了，挨点儿打也没什么好说的。但对方酒劲儿上头了，打打骂骂还不解气，顺手就抄起车厂放在街边的钢筋棍子挥了过来。

水琴尖叫着闭上眼，叫了半天，那棍子却没挥到自己身上，睁眼一看，醉醺醺的老头儿已经被车厂老板拎了起来，重重地甩到一边。

水琴觉得右边的手臂有些疼，低头才看见手臂不知什么时候被刮了一条口子，鲜红的血迹慢慢地浸透了衬衫。被吓得半醒的酒鬼从地上爬起来，骂骂咧咧地跑了，水琴顾不上浸着血的伤口，急忙走上前去跟男人道谢。

他摆了摆手，坚持要让她先在车厂外面坐一会儿，自己进屋找了半天，终于捧出了一个药箱来。

修车是个粗重活儿，酒精棉花平时都会备着一些。他蹲在地上，一边往棉花上倒酒精，一边解释。

"我还以为你不会说话呢！"酒精沾到伤口，疼得水琴直打哆嗦，"你叫什么？"

"你叫我老三吧，他们都叫我老三。"

最后老三将一块干净纱布贴在女孩的伤口上说："你可以走了，记得伤口最近几天都别沾水。"

其实水琴从来没见老三笑过，连微笑都没有。她天生内向，没见过世面，本应该害怕这样黑面的男人，但她没有，她还有勇气对他说："你看，我妈不在，我也不敢回家。你可以收留我几天吗？睡地板也行。"

男人当然不会让水琴睡地板。

修车厂的二楼有临时隔出来的一间小小的阁楼，那是老三的卧室和洗手间。环境简陋但很干净，床垫就放在地板上，几件不多的衣服整整齐齐地挂在衣柜里。老三替她换了干净的床单和枕套，说："你先在这里睡吧。"

说完他抱着一床毯子走到楼下的沙发旁。

半夜的时候，水琴睡不着，就坐了起来，隔着阁楼窗户的玻璃看到楼下有橘色光亮若隐若现，那是老三在抽烟。她想了一会儿，穿好衣服走了下去，坐在老三的旁边。

"你觉得我好看吗？"

"好看啊。"男人老老实实地回答。

"你喜欢吗？"

"喜欢啊。"还是老老实实地回答。

"那你要和我在一起吗？"

"我这个人不适合跟别人在一起，"老三说，"我磨牙。"

"没关系，我睡得很沉的。"水琴说完，就躺下来，将头放在老三的膝盖上，"而且我一点都不会黏着你。"

老三掐掉了烟，也跟着躺下来，但他将手臂环在自己的脑后压着："我不碰你，你听话，我们真的不会有结果。"

　　修车厂的大门是那种老式的卷帘铁门，不隔音也不隔风，半夜外面的路边依然有车经过，一辆接着一辆，呼啸着带着风和光亮，明明晃晃地透了进来。

　　水琴在这一片光影下转了个身，说："我也不会问你要一个结果。"她又亲了亲他胡子拉碴的下巴，"我喜欢你，就是单纯喜欢你而已。"

　　但这个世界上怎会有所谓单纯的喜欢，一个人对另一个人的感情，从来都不会是单纯的。喜欢就会有欲望，会想占有，也会妒忌。

　　后来，水琴白天在酒楼上班，一见到那个短发的姑娘去找老三聊天，她就会生出一股莫名的怒气。倒也挺方便，下班后过一个马路就能找老三吵一架，她面红耳赤地站在大门口朝着他狂吼："我才是你女朋友！我才是！"

　　"我也没说你不是啊。"老三低下头抽烟，转眼又安慰她，"你还年轻，没必要吊死在我这一棵树上。"

　　水琴听了直跺脚："我就吊死在你这儿了，你管得着？"

　　老三无奈地挥挥手："好好好，你就吊在我这儿，看看老树能不能开花。"

　　2015 年的夏天，是三文鱼滋味最好的季节，小镇上来了一批人，打扮时髦，一看就是从大城市来的。他们一连好几天都在水琴工作的酒楼包下隔间就餐，最后一天结账的时候，一个把头发梳到头顶扎了个丸子头的男人对她说："你长得太好看了，底子也不错，有兴趣跟我去上海做模特吗？这是我的电话。"

水琴拿着名片去找老三商量，后者正躺在汽车下面干活。当时男人只露出半截腿来，在车底下瓮声瓮气地说："你小心别被骗了啊。"照例是一副漫不经心的样子。

此时的水琴已二十岁，与老三恋爱两年有余。还在喜欢吗？也许吧。但纠缠了那么久，水琴越来越觉得他的心是捂不热的，两个人的关系就像是一杯被冲淡了的茶水，怎么喝都喝不出滋味来。

她终于下定了决心，买了张去上海的火车票。

"我走了。"走的那天有雨，她专门打了辆车去修车厂告别。

当时老三嘴里叼着烟，在露天的场地里，没打伞，深蓝色的工衣被雨水淋了个透。他蹲在地上摆弄一些破烂的零件，朝她点了点头："你走好。"

塞名片给水琴的那个时髦男人不是骗子，而是业界特别有名的经纪人。水琴去上海找他，他上上下下看了她一圈说："先给你找位老师吧，把基础练好再接活儿。前提是你要跟我签长约，而且以后能赚钱了，得把这段时间培养你的成本还给我。"

到底是生意人，做事一点亏都不吃。

水琴咬牙签了这份不平等的合同，接下来在公司给新人准备的教室里待了一整年，那一年，她要做的事就是每天对着镜子练习压腿、学跳舞、学健身、学控制自己的肢体语言，耳朵里还要塞着耳机练英语听力。她学历不高，高中都没有念完，好在底子好，人也聪明，一年以后，经纪人就开始安排她出道接广告。

此时已是 2017 年，水琴不再叫水琴，她有了个洋气的英文名字叫"Landa"。

模特 Landa 渐渐红了起来，模特是个喜新厌旧的行业，她底子好，公司资源给力，新人要红起来本身就是轻而易举的事情。

每日她都忙得天翻地覆，拍硬照、录广告、做采访。也有多金的男人追她，大多被她的经纪人挡回去了。

"你是职业模特，不是陪有钱人吃饭的花瓶。"经纪人是这样教她的，他是个很有个性的人，头脑也很灵光。她听进去了，也都记在了心里。

但是，她却越来越不适应这样光鲜亮丽的生活。一群模特经常聚在一起聊天，A 说我从前在英国念书的时候如何如何，B 说我做模特之前是某某舞蹈学院的，轮到了水琴，她却只能顾左右而言他地聊些有的没的。

　　她越发想念从前的日子，小小的酒楼，络绎不绝的游客，他们惊叹于她的美丽，称她为"酒楼西施"，还有对面那家修车厂里，永远都不会笑的老三。她想念他，直到那张原本已经模糊的脸渐渐变得清晰起来。

　　水琴不是没回去找过他，坐了两天的火车，又转长途大巴。酒楼还在，但对面的那家修车厂已经改成了一家快餐店，老板也变成一位肥肥胖胖的中年妇女。

　　回去的那天下着雨，美丽的 Landa 撑着伞站在门口，一个人哭得昏天暗地。

　　她在哭她想找回来的从前，早已不知所终。

　　后来某天，水琴去上海电台做节目，类似于下午档的时尚脱口秀，只需要坐在直播室聊两个小时睫毛膏与睫毛膏之间的差别就能收工。她其实不懂这些，但旁边放着电脑，搜索一下也能聊上许久。结束的时候水琴和主持人一起走出来，走廊上迎面走来几个穿着警察制服的男人。

　　"今天请了他们做法制节目。"主持人对水琴说。

　　水琴点了点头，掏出 Prada 的墨镜架在鼻梁上。

　　电台写字楼的走廊，一半是格子间，而另一半是落地窗。当时窗外的夕阳是一种鲜艳的橘色，透过窗户，一格一格整整齐齐地落在地毯上。

水琴踩在橘色的格子上，在明明暗暗的光线下走过去，抬起头来，就见到了那张日夜都在思念的脸。他穿着深蓝色的警察制服，剑眉星目，侧脸还是很像霍建华，站在那里面无表情。

然后她听到旁边的主持人介绍："这位是刑侦处的郝警官，破过很多特大刑事案件。这位是我们下午节目的特邀嘉宾，大美女 Landa。"

刑警郝波的工作经历很简单，警校毕业直接考进了刑侦大队，三十岁的时候接到人生第一件大案子，跨省卧底两年后，终于拿到了证据，一举抓获了犯罪团体。

但是做卧底，牺牲是一定有的。例如隐姓埋名，两年都无法见到家人；例如有很多次都差点儿被人识破丢了性命。

职业是自己选择的，所以不管是艰难还是危险他都不会计较，唯独觉得遗憾的是，那个在做卧底时他喜欢着的姑娘，最后离开了。

2016 年的冬天，郝波回到上海，退居二线做了个不大不小的官。有一天领导突然找上门来，要他去电台配合做节目，说说自己从前办案的一些事，就当是给群众做做法制宣传。

他和几位同事在去直播间的路上遇见了她。

她刚刚从一间直播间里走出来，迎面过来一眼就被他看见了。其实她没多少变化，还是那么好看，穿着白色的连衣裙，眉目清秀。

　　"你好，"他点了点头说，"很高兴认识你，他们都叫我郝波。"

　　她取下墨镜，他看到她渐渐红起来的眼眶。

　　水琴笑了笑，含住眼泪，在暖人的天光下，朝他伸出了手来："你好，真的很高兴认识你。"

　　他也笑着将手伸了出去。

　　应该是2014年，那个年轻的女孩骑着小电驴冲过来，因为操作不当，飙进了掩护自己身份的修车厂。当时的天光和现在一样，晒在人的身上有一种懒洋洋的暖意。当时他惊艳于她的美丽，一时间竟然也说不出什么话来。

　　"你好啊，"十八岁的漂亮女孩笑嘻嘻地说，"我叫水琴，很高兴认识你。"

告别 2005 年厄瓜多尔那个落空的吻

2005 年春天，是我在厄瓜多尔混的第二年。

在这个盛产香蕉、石油和球星的小国家里，我见过不少各色鬼佬狂爱中国功夫，但从没见过谁能像周威尔那样，连七十四式太极都打得那么销魂。

每天早上，当我在宿舍阳台上剥香蕉唱国歌享受南美洲的阳光时，楼下就是一身黑衣白裤装腔作势地玩太极拳的周威尔。我严重怀疑他的那些套路是从 DVD 里学来的，尽管分不清左右虚实，却打得很是拉风，活似一只患有肥胖症兼舞蹈症的熊猫。

抽风半小时后，我们挤上让人崩溃的公交车去上课。这个男人有一头褐色微卷的头发，巧克力色的皮肤，咧嘴一笑就露出一口白灿灿的牙。每当我在公车上以一个脑袋的距离仰望他时，都能看到那副含情脉脉的流氓相，就好像要给我一个还未落下的吻。

其实我早就知道他的不良企图。

那是厄瓜多尔年尾的基多节。我们一群留学生赤着足在篝火前，为庆祝生活在赤道中心而狂欢。周威尔头戴青面獠牙的面具，耳朵上插着几根鸟毛跑过来，一边扭着屁股跳舞，一边用英语问我："蕾蕾，你们国家的女孩是不是都比武招亲？"而我早已被他那副扮相弄得神志不清："对，娶我得会打中国太极。"

向神仙姐姐起誓，我从没想要调戏他，也从没想要他娶我。

可是周威尔却当真了，他雄心勃勃地利用课余时间练陈氏太极，还把咖啡和奶茶混在一起，企图搞清楚我们生的小孩会是什么颜色。

该怎么说？保持沉默是绝对理智的做法。

北京土著程蕾蕾小姐，除了两年前抽风似的来到厄瓜多尔体验生活外，过的一直都是衣食无忧娇生惯养的日子。而周威尔呢，来自赤道以南，学习成绩不好，每天要去四五家餐馆洗盘子赚学费。每次我领着他去基多唯一的 Lancome 品牌店购物，他都在旁边肉疼得打哆嗦："小姐，你真能花钱。"

是的，我嫌贫爱富，我贪慕虚荣，所以当我收到了澳洲一所大学的录取通知书时，我没有告诉他：半年后我将从这块赤道的贫瘠之地转战到梦幻一般的绿野之城。

My cry

厄瓜多尔的夏天，周威尔的七十四式太极已经能很流畅地打到二十一式。我拉着他上基多附近的农庄偷香蕉。

学文科的周威尔身手敏捷，猴子似地窜上几丈高的香蕉树，摘一个丢一个下来，而我躲在树荫下嘴里吸着可乐，等香蕉掉下来时就乐颠颠地捡起来往背包里放。

我们自以为配合默契，神不知鬼不觉，却还是被抓了个正着。

农庄里那只德国狼犬狂吠着扑过来，我丢下还在树上的周威尔，抱着一包香蕉在农庄里像刘翔一样狂奔。

我的英雄周威尔是这样救我的，他从树上利索地下来，抓起地上的石头砸向狗屁股，之前练了很久的陈式太极全然派不上用场。

最后我只好送他去医院打狂犬疫苗。

这个男人从医院回来后一边愤怒地啃香蕉，一边咧着嘴问我："你们中国人不都会功夫吗，你跑什么？"我知道他是成龙的电影看多了，低头流汗："对不起，我高中体育课就学了两个月太极。"

我向这个热爱中国的男人解释祖国的国情，解释虽然结婚时我们会有扯不清楚的彩礼嫁妆，但路上跑着的依然是雄赳赳的奔驰车队和修成正果的自由恋爱。周威尔的眼神渐渐暗淡下去。

是的，我是在告诉他，从来都没有那段需要去征服的爱情。他听懂了。于是我们陷入了可怕的沉默。我们不再说话，不再坐同一辆公车去上课，也不再一起偷香蕉被狼犬追得屁滚尿流。我独自去 Lancome 满足自己的购物欲和对美貌的渴望，而他又多找了一家餐馆打工。

周威尔还是会练太极，每天穿着熊猫唐装在烈日下把阴柔的太极耍得虎虎生威，不明真相的人还以为他改学了南拳咏春。而我将所有的东西都打包进帆布旅行袋，订了一张飞往悉尼的机票。

这样也好，公主和青蛙从来都是安徒生的幻想。只是偶尔我会怀念当我仰望他时，那个从来都没有落下的吻。

悉尼到处都是 Lancome 的香水味。没有厄瓜多尔群魔乱舞的基多节，也没有赤道上可以烤熟鸡蛋的阳光，超市里的香蕉卖到三澳元一斤，贵得要死。

我在这里学建筑设计，也遇到过不少家世优秀的男生，白黑黄都有。站在他们身边，我习惯仰起脸寻找一个熟悉的角度，就好像看到了周威尔同学的影子。

人总是在得到时想失去，失去时又抽风一般地想得到。而我非常怀念周威尔，怀念他虎虎生威的太极拳，怀念仰脸时他从未落下来的吻，还有从树上丢下来摔得鼻青脸肿的香蕉。

我也曾飞回赤道的中心寻找过他。

捏着毕业合照，依靠着记忆，一家一家地去他曾经洗盘子的地方；泪流满面地坐着当初的公交车来来回回；甚至是用 Google 搜索他的名字，而他早已不知所终。

2007 年，我的命运跌落谷底，父亲在国内的公司破产，我不得不停止每个月飞越半个地球的疯狂行径，回国应聘进一家公司当小专员。

北京比起那年我离开时，更显繁华。

男人爱上瑜伽，女人迷恋钢管舞，就连每天清晨公园里的老头儿都改玩咏春拳了。只有我很老土地打太极，从第一式一招不落地打到第七十四式，然后在路边买一元一杯的糖精豆浆落魄地喝光。

公主变民女后再也不敢奢望成为 Lancome 的狂热粉丝，就连进屈臣氏买打折的"美即面膜"都得小心翼翼地掐紧口袋。没钱没夜生活，下班回家打开电视消磨时间，一不小心就看到一个巧克力肤色的男人。

那个传说拥有赤道中心百分之六十石油的继承人有褐色微卷的头发，咧嘴一笑就露出一口白灿灿的牙。原来，越是有钱就越会装穷真的是地球上通用的真理。

电视台的跟随采访多少会有点儿作秀的味道，他穿着丝绸唐装站在一群北京老头儿中打太极，依然分不清左右虚实，依然打得很销魂。

北京五月，阳光如金。我请了假，戴上一副大黑超装成"零零七"，鬼鬼祟祟地去看他。

传说，那个低调而富可敌国的二世祖住在一天收费抵我一个月薪水的豪华酒店。但想见他的人很多，还没有靠近宾馆我就被保安推进了媒体区，似沙丁鱼一样地挤在记者中间。

周威尔同学出来时，闪光灯白花花地连成一片。

身边居然是娱乐版的记者，用让人膜拜的中式英语问他和好莱坞某位豪门女星的绯闻。不知道是没听明白还是不屑回答，他也似乎没看到我，轻轻一笑，弯着腰就钻进了加长"林肯"。

原来他身边早有女人，我心里又一阵堵得慌。从人群中挤出来，我去超市拎了瓶三块大洋的老白干儿喝光了。依仗着酒劲儿，我跑到公园找那个天天笑话我的咏春拳老头儿决斗，只几个回合就被人揍得趴在地上。

我一边哭一边跑到药店去买邦迪。那年他在厄瓜多尔的烈阳下将太极练成了咏春拳，唯一的目的不过是为了比武招亲打败我。

当我的生活彻底失控时，白马王子派来了他的加长车请我吃晚餐。

我翻箱倒柜地找出最漂亮的一条裙子，额头上贴着卡通创可贴，嘴角肿得老高，不用照镜子我都知道自己是一副失魂落魄的德行。好在青春期过后我们都及时停止了发育，站在一起时仰望的角度刚刚好，可以看清他温柔似水的双眸，好似要落下一个吻。

吻并没有落下来，一身唐装的有钱佬周威尔深情款款地说："蕾蕾，你想跟我回厄瓜多尔吗？七十四式我已经全都会了。"我有什么理由拒绝呢？只好微笑。离开时他并没有送我，只是一边接电话一边朝加长"林肯"里的我挥手告别。

回到家，压在枕头下的存折里刚好存了一万大洋，我用这些钱在芒果网上订了两天后的一套超豪华九寨沟星级游。

在去见周威尔之前，我看了八百年都不会看一次的娱乐频道。那个在好莱坞混得很嚣张的女人背着最新款的 LV 包包，猛秀无名指上的八克拉戒指，背景是马里布豪宅区的新婚别墅。

周威尔，我想如果我已经失去了得到那个吻的资格，那么至少让我保留一些逃离的勇气。

2008 年 5 月 12 日，飞机降落在成都双流机场时，世界正在地动山摇。我拖着巨大的行李箱，惊慌失措地狂奔在人群中间。就如同那一年，我抛弃了树上的那个男人，怀抱着香蕉狂奔在基多郊外的路上。

我不害怕，只是有舍弃的心酸。再见，那个落空的厄瓜多尔之吻。

利沃夫那个游泳来赴约的男人

2008 年盛夏的清晨，鲍曼推开二楼公寓的窗户，这座叫利沃夫的城市一夜之间成了一片汪洋。

十年难遇的洪灾来了，公寓里暂时还有电，每一个电视台都用乌克兰语和俄语反复滚动洪灾的消息。电视画面里，大人把小孩子放在木质的大盆里，划水绕过危机暗伏的电线杆；瘫痪在路边的汽车一路顺流而下，身后跟着的是饲养多年的牧羊犬。

这是鲍曼在乌克兰待的最后几天，作为经常往返于乌克兰和俄罗斯边境的中国籍商人，她在西部集市倒卖一些国产的山寨手机。相比关税昂贵的欧洲牌子，这个国家的人民群众更热爱物美价廉的中国水货，他们拖着红色的编织袋，疯狂地从鲍曼手中抢走货源再输送到这个国家的每一座城市。

　　碧眼高鼻的拉基米尔先生就是光顾鲍曼生意的一位熟客。他是从附近的小镇来的，在自己的家乡开了一间小小的手机铺，专门进口中国手机，然后刷成俄罗斯文的操作系统卖给当地人。鲍曼决定要对他好点，最好的货总是留给他，因为他和其他爱留大胡子的乌克兰人不一样，他总是彬彬有礼、清清爽爽的样子，一看就让人喜欢。

　　看得出来，拉基米尔先生也中意鲍曼小姐。他用结结巴巴的俄文向女孩问好，砍价的时候会很不好意思，说再见的时候会恋恋不舍地脸红。终于有一次，他不再扭扭捏捏了，干脆很直接地问她："我可以约你吃饭吗？"

　　鲍曼吓了一跳，想了一会儿才回答："可以，但是这个价格不能再少。"然后她给了他自己家的地址，因为在欧洲，绅士上门接送的约会才能够显示出十足的诚意。她甚至为这次约会买了件"Made in China（中国制造）"的黑色雪纺长裙。

　　而他们的约会，就在利沃夫市被淹没的这天。

　　公寓的走廊上喧闹成一片，鲍曼打开房门，房东是五十多岁的白俄罗斯裔老太太，正慌慌张张地拖着巨大的行李箱跑过走廊，据说是要等待军队救援。鲍曼回到房间，打开行李箱开始一件一件地收拾行李，衣服、现金还有护照。那件专门为约会准备的黑裙子，她想了想，用衣架挂了起来。然后她听到有人敲门，门开了，门外站着浑身湿透的拉基米尔先生，他穿着西装打着亚光领结。

全世界都被水淹没了，他也没有失约。

他湿淋淋地站在那里解释，说自己不放心让她一个人待在家里，所以就找了艘木舟，连划带游地过来了。她被他的勇敢所震撼。公寓外的街道已经变成河流，不断有脖子上挂着扩音器的政府人员坐着救生艇往返于一条条河流中间接走难民。他们在厨房里找了几根玉米棒、花生，还有瓶甜酒。鲍曼小姐穿上裙子，炒了个玉米花生仁，然后打开甜酒开始了他们的第一次约会。

他和她一样镇定自若，仿佛尘世的喧闹，污浊凶猛的洪水，都与自己无关。

直到公寓里的人陆陆续续都离开了，他才拉起她的手说："现在，我们该去另外一个地方了。"

简陋的木舟上坐着一位妇女抱着哺乳期的婴儿，一位年迈的老人，还有就是一对刚刚结束约会十指紧扣的情侣——她和他。木舟摇摇晃晃地打着漩一路前行，有好几次都差点儿被迎面撞来的杂物打翻。勇敢的拉基米尔先生想都没想，脱掉手表交给鲍曼就跳了下去。他在水里推着木舟前行，为了让木舟上的人更安全。

这是鲍曼在 2008 年的夏天最后一次见到拉基米尔，他整个身体浸泡在污水里，微露出半个肩膀很卖力地向前推行，突然一块残破的木板打过来，他不得不放掉木舟抓住了木板。

乌克兰恶劣的天气似乎有了加剧的趋势。第二天，鲍曼不得不乘坐停飞前的最后一班航班从基辅飞往北京，又转机到了中国最大的电子产品发源地——深圳。

"VV182"起飞时微微倾斜，鲍曼坐在靠旋窗的位置，地面的房子在视线里越来越小，最后变成一个个小盒子。她还记得他最后抱住木板朝她挥手的样子，碧蓝的眼里充满了安稳的鼓励，他要他们先走。

秋天，鲍曼还保存着拉基米尔那块黑色的运动型手表。手表有计算心率的功能，她把它戴在手腕上，计算自己的心跳。坐着每分钟跳八十六次，步行会跳到每分钟九十七次，一想到乌克兰那个甘愿被洪水冲走也要来赴约的男人，心跳就到了每分钟一百零三次。

她想她是恋爱了，但那天她走得太急，把存着他号码的手机丢在了房间里。

再回到乌克兰，已经是 2008 年的冬天。

女孩带着一货柜的山寨上网本，打游击似的来到这个国家。之前住的公寓早被人鸠占鹊巢，房东说她之前的东西已经被一个乌克兰的年轻男子收走。她知道那一定是拉基米尔。

她不知道男人的地址，只知道他一定在那个小镇里卖五花八门的手机，于是就坐着没有空调的小巴一路颠簸两个小时，到了有他的小镇。矮矮小小的俄罗斯风格房屋，一条不宽的柏油小路穿行整个镇子中央，形成了最繁华的商业街。铺子大多都卖中国产的衣服、食物、毛绒玩具，还有数码产品。鲍曼就这样一家店一家店地找，企图在一群唾沫横飞的市井商人中找到她的英雄。

男人在夜幕降临前的橘红色光影下摆弄着一款手机。女孩走进铺子，小心翼翼地用俄语唤了他一声，他抬起头来，愣了一下就放下手里的零件，冲过来给这个黑发女子一个大大的、令人窒息的拥抱。

这就是他们的重逢，再彪悍的词汇都表达不了当时热烈的心情。拉基米尔收了摊儿，拉着女孩的手很幸福地去找饭吃。他们在一家中国餐馆吃到了不太正宗的白菜猪肉炖粉条、醋熘土豆丝，还喝了几杯红星二锅头。

她听他醉醺醺地说后来是如何爬上另外一艘救援船，安全以后又是如何疯狂地寻找她，最后知道她已经飞回中国，就回到她住的公寓收拾了她没来得及带走的东西。

"我知道你会回来，我一直这样期盼着。"饮醉了酒的男人握住她的手，"我们不要再分开，我觉得自己很想你。"此时的鲍曼二十八岁了，已经过了需要一步一步试探爱情的年纪。在第一次约会分开的四个月又二十三天后，女孩觉得成年人的感情是不用那么矜持的，所以她说："好啊。"

他们一起搬进了小镇附近一栋白色的圆顶阁楼，门前挂着一串银质的风铃。房子的主人用了五光十色的彩色玻璃来镶嵌椭圆形的窗户，阳光落进房间成了斑斓的彩虹。她在阳台上养花，把长发编成一根独辫，像乌克兰的女人一样盘上额头。

　　勤劳吃苦的中国籍女性鲍曼打点了他们所有的生意，早出晚归。而拉基米尔先生，具备了乌克兰人悠闲自由的生活习性。乌克兰是世界上假期最多的国家之一，从每年初春开始，他们就放下手里的工作涌到附近的乡村找可以出租的房间度假。

　　春天来临的时候，拉基米尔把多余的房间租给了两对远道而来度假的夫妻。他整日陪着客人钓鱼，去果林采摘新鲜的水果。回家时，天色已然变成一片漆黑，圆圆的阁楼下有橘红色的灯影，点亮了通往幸福的道路。

　　鲍曼还记得，那天是盛大的乌克兰独立日。

　　她和拉基米尔去了集市，站在一群游街的当地人中间，他们戴着稀奇古怪的帽子，用手风琴演奏乌克兰的民族小调，边演奏边跳舞。拉基米尔喝了很多生啤，然后很亢奋地跳上一辆花车又唱又跳，将鲍曼远远地抛在马路中央。等到他想起来的时候，那个黑头发的女子早已被淹没在人海，而他自己的手机却遗落在家里。

　　属于狂欢的节日，变成了他们互相寻找对方的游戏。鲍曼在人潮熙攘的街道中跌跌撞撞地往前走，企图发现那个戴着八角帽，醉醺醺的爱人。那是一场情侣之间莫名其妙的争吵，鲍曼坚持他不在乎她，而还没有清醒的酒鬼觉得她简直是在无理取闹。最后，他终于不耐烦了，甩开她的手说："你慢慢闹，闹完了回家。"

小镇不远的地方，有人鸣响了庆典的礼炮。抬眼，就看到在天空中盛开的星光，遥荡的烟火，璀璨流离，还有光影下拉基米尔因为喝多了酒而微微僵硬的背影。

她没有回家，而是去了仓库。那天晚上，有一批逃税的数码相机送来，那是她托国内的同行一并偷运过来的。他们在手电筒的光亮下点货，付钱。突然，整个仓库的灯光都亮起来了，穿着黑色制服的警察和海关蜂拥而入。

鲍曼拿的是商务签证，在这个移民法严苛的国家是没有任何做生意的权利的，更何况是卖水货。那天晚上，她在警察局小小的拘留室里，用红色的投币挂机给拉基米尔打了五通电话，但对方手机一直关机。第二天早上，匆匆赶来接走她的是大使馆的工作人员。

她再也拿不到这个国家的签证，而且是要被驱逐回国。

三天后，她被强制送离这个国家。男人来了，几乎是疯了一样地跑到村庄路口，对她大声叫喊。

她坐在小车后位的中央，回过头趴在车窗上，泪流满面。

　　这是鲍曼对这座村庄最后的印象，阳光下，巧克力色头发的拉基米尔追着小车一路狂奔，挥手向她告别，他身后是花木浓荫的果园，矮小的房屋，还有那片蓝得好像海洋的天空。

　　2009 年 7 月，鲍曼在老家江西洪峰。

　　她在父母自家修建的农家小院里开了家小饭店，一楼吃饭，二楼住宿，招呼城市里来的游客。村口有书报亭，随手拿一份回家可以读一个早晨，报纸上说俄罗斯效仿乌克兰等国家驱逐不法中国商人。

　　他们每天都通电话，鲍曼所在的村落手机有时会没信号，她就跑到很高很远的山坡上给拉基米尔打电话。拉基米尔在电话里说，他已经拿到了来中国的签证，很快就能出发过来。他说："没关系，我们也可以在中国卖手机。"他说："我爱你。"

　　鲍曼挂掉电话，望着头顶的天色，那几日连绵的暴雨仿佛要把这座城市彻底冲刷一遍。她心里充满了期待。

　　2009 年 7 月 15 日，是拉基米尔约好赶到她身边的日子。一夜暴雨之后，鲍曼推开二楼的窗户，世界又是一片汪洋。

　　江西暴雨洪灾一夜之间成为这个国家的头条新闻。但这里的村民朴实而坚韧，没有人会匆匆忙忙地逃难。在楼里住了几天的一对夫妇甚至开玩笑，说可以跳下去游水当体验生活；当真有汉子领着六七岁的小童，卷起裤管就下水，用自制的渔网捞起银灰色的小鱼，活蹦乱跳地装进桶里带回家。

鲍曼坐在二楼的厨房里给客人煲鱼汤，窗外不知谁家的木舟漂漂荡荡地划过来。她突然想起在利沃夫，那个游着泳来赴约的男人，穿着黑色西装，打着亚光领结站在公寓门外，满目春光。

但他只在到香港的间隙给她打过一通电话后，就下落不明了。村落里手机信号变得很不好，她担心得半死，几乎是游着水，蹚过半条路去朋友家上网给他发邮件。回家的路上，她拿着手机一边哭一边拨他的号码，电话那边冰凉的声音告诉她用户已经关机。她等了很久，一直没有他的消息。去发邮件的时候，她上网看了新闻，腾讯新闻报道说：江西水灾造成八人死亡，还有几十人失踪。

开始的序幕，仿佛被剪掉了另一半，戛然而止。

2009 年的盛夏，鲍曼把手机二十四小时开着，总是走半个小时的路去山坡的最高处待很久很久。在那里，手机信号是满格的。后来附近镇子的人告诉她，灾情最重的那天，真的有见到一个外国男子背着庞大的背包，扶着一块木板在洪水里游走，他还救了一只黄毛小狗。

所以，她还在等那个游泳来赴约的男人。一天，一个月，一年……都会保持这种等待的姿势，期待他在某天突然降临在她身边。

因为他说过爱她，而她也相信。这就是爱情的全部意义。

曼谷爱情故事

　　曼谷西郊的 Maekrong，有一条横穿小镇的铁轨，全长五百米，从头走到尾需要五分钟。铁轨两边挤满了三百多个水果摊位，人们就蹲在铁轨上挑挑拣拣，直到破破烂烂的黄色火车轰隆隆地经过，他们才一窝蜂地散掉。每天要如此重复七八次。

　　这是尚碧梅十一年前的记忆。1997 年，她十五岁，跟随做水果贸易的单身母亲来泰国生活，白天在曼谷市中心的英语学校念书，晚上牵着母亲的手，步行经过那一条铁轨回到小镇的农庄。

　　她在那里遇到了沙卡。

　　二月后是泰国著名的佛教圣日 MakhaBucha，曼谷大街小巷挤满了闻风而动的欧洲人。他们端着相机到处拍照，哪个角落能够彰显出这个国家的贫穷与落魄，得到的镜头自然就最多。

沙卡蹲在一堆绿色的苹果后面，因晒的阳光太多皮肤显得特别黑。他穿着污迹斑斓的 T 恤，手里拿着一把纸币数得很认真，丝毫不介意旁边的闪光灯一下一下打在他的脸上。

那天，尚碧梅穿着从国内带来的藏蓝色学生裙，脚上是一双黑色的匡威帆布鞋。其实母亲经营的果园里有适合在这个亚热带土地上花开的一切水果。她只是想走进镜头，让那个端着相机的欧洲女人明白，这片土地并不是他们想象中那样的一无是处。所以她挣脱母亲的手走过去，掏出钱从他手中换了两个苹果，男孩仰起脸朝她憨厚地一笑，转头就对一旁的欧洲女人说："请问，你有零钱吗？"他说的是英文，字正腔圆，比中学的老师讲得还地道。

不仅仅是尚碧梅和母亲，就连那个从欧洲来的女人都目瞪口呆了。

第二天日暮，她在黄昏的台灯下开始跟他学习泰文。母亲在前一天就把他请回家做她的泰文老师。他用英文说他的名字，叫沙卡，在清迈大学跟着英国来的外教念建筑专业，实习假期才回家帮着倒卖水果赚些学费。

第一次上课，他就教她唱 ANN 的《Neung wiathi ko cha pai》，她跟在后面一字一句地轻轻念出来。那些用泰文写成的歌词，拖着舌头，念起来像极了绵绵的呢喃，轻轻落在她的心上。

尚碧梅此时十五岁，正是嚣张而叛逆的年纪。她谢绝了母亲的接送，加入了学校的泰拳社，每天放学后在手腕脚腕处绑上护腕打沙包练力量。母亲在出国前是文工团的钢琴演奏家，她对尚碧梅参加这种野蛮的课余活动感到很失望，说："梅梅，你迟早是要回国去的。为什么不能更像女孩一点？"

可是在这个国度，四周都是黑黑的泰国人，男的、女的，还有性别模糊的。他们在耳边说着自己听不明白的语言。有一次她迷路，在曼谷的街头流浪了整整四个小时，也没有一个会英语或中国话的人站出来帮她。

大部分时间，她都很孤独，除了和沙卡在一起的时候。

那日，她在回家经过 Maekrong 铁轨的路上突然想起了他，就故意放慢了脚步，企图在一排五彩缤纷的水果摊后发现他的脸。她找得很仔细，以至于没有发现即将呼啸而过的火车和渐渐散开的人群。

最后还是他发现了她，立马冲上来，抱着她滚到一边的水果堆上。身边破破烂烂的黄色火车呼啸而过，他忘记刮胡子，毛刺刺的胡碴贴在她的脸上。那一瞬间尚碧梅嗅到了男孩身上的味道，粗犷却带着青涩的香。他丝毫未觉得不妥，只一个劲儿地责怪她不小心。他拉起她的手，有些心疼地问："受伤了吧，疼吗？"尚碧梅摇摇头把拳头收回来。手上的伤是早些时候弄出来的，与他无关。白天在学校练泰拳，那个对中国有误解的男学生挑衅她，她就冲上去狠狠地把人家揍了一顿。

男学生的父亲是欧洲国家的外交官，她理所当然地被学校停课处分。

尚碧梅并没有把停课的事告诉给母亲。每天清晨，她仍旧像往常一样面不改色地出门，捧着书本沿着农庄的小路往 Maekrong 的方向走。她在沙卡的水果摊前帮他卖苹果，有火车来的时候，两个人就手忙脚乱地收拾滚落到铁轨上的货物。后来他们还去了曼谷的水上市场，用沙卡舅舅的小木船载满整整一船的水果穿行在清澈的丹嫩沙多河上。若有人来买，她就隔着清澈的河流跟人家讨价还价，气势如虹。

晚上他们收拾好一切，一前一后回到农庄补习泰文。

尚碧梅的泰语水平在那段时间内突飞猛进。她在台灯下很认真地问他："我爱你用泰语怎么说？"他低下头不动声色地看着她，眼里盛满了光。

也许爱情就是这样，恰到好处不需要奢侈的语言。她知道，他也是爱她的就够了。

泰国的秋天，他带着她坐了十几个小时的火车去清迈看十三世纪修建的清门寺。他们在邓丽君生前常常瞻仰的金碧辉煌的庙宇中流连忘返，在那些双手合十慈眉善目的金身佛像下许下一生的诺言。她没有告诉他，一个月前母亲就已把回国的计划提上了日程，她在国内给尚碧梅找到了更好的学校，等明年过去读完高中后再去欧洲，未来十年的前途清楚明了，亦不会波折半分。所以，当他问她什么时候回学校时，她握住他的手说："我想就这样跟着你，不行吗？"

从清门寺回到家，焦急的母亲已经等在门口了。她去学校替女儿办理退学时才发现，原来她已经被停课好几周了。母亲迎上前来，一记脆生生的耳光落在她的脸上，恨铁不成钢地问："你跟着一个农夫的儿子，能有出息吗？"她脸颊火辣辣地疼，几乎是哭着朝母亲吼道："可是，我爱他！"

十五岁的爱情，在成年人面前是那么苍白而可笑，毫无重量。

她被领回家中关了起来，母亲是个传统而不懂得浪漫的人。在女儿两次企图逃跑后，她找人在卧室的阳台上装了铁栅栏。

尚碧梅就在农庄里寂寞地度过了在泰国最后的半年。她不是没有尝试过联系他，有一次她把写好的信交到楼下那个收了她五十铢跑路费的小孩子手里。当天夜里，男孩踏着青白的月色来见她。

还没能靠近她卧室的阳台，农庄里的几条训练有素的大狼狗就疯了一样地蹿出来。她趴在阳台上看他被闻风而来的农夫压在地上猛揍，他倔强地扬起头颅望着她。黑暗中，他的眸子闪烁着光，似夜空中渐渐熄灭的星火。那一刻，她的心像是被荆棘入骨一般地疼，她在二楼的阳台上痛哭失声却丝毫没有办法。

十五岁的爱情，要如何坚强才能够抵抗一切阻碍。她真的有抵抗过，可真的办不到，然后妥协了。

去曼谷国际机场那日，刚好是1998年的宋干节。尚碧梅独自拖着巨大的行李箱穿越在曼谷街头的游行人群中。那是她二十岁之前最后一次见他，他穿着红色的袍子，被人打扮成观音的模样高高盘坐在大象的背上。她张口想喊他的名字，旁边一盆冰凉的水迎头泼来。再回头，他已经行得很远。她湿淋淋地过了安检，迎头又是一盆水。

很久以后，她领着朋友在深圳的锦绣民俗村游玩，那里的姑娘提着水桶，一下一下地浇在他们身上。朋友生气极了，她就上去安抚人家说被人泼水是代表了喜爱和祝福。

很多事情就好像被人在宋干节上泼水一样，行为与其意义逆向而行。就好像是沙卡，我选择不和你在一起，并不代表我不爱你。

尚碧梅在北京念完了高中，然后远赴悉尼。

此时已是2002年，她二十岁，在母亲的介绍下，结识了一个同样留学在外的中国男孩。恋爱时也有动人心魄的情节，男孩受过很好的教育，会用超过四个国家的语言对她说我爱你。她咧着嘴笑，突然想起那年在曼谷农庄，她侧着头问他："我爱你用泰语怎么说？"他没有回答过。

他是她在记忆中自生自灭的影子，似亚热带的台风，席卷过生命里最青涩美好的那段时光，然后渐渐淡去。

2008 年，尚碧梅医学硕士毕业，与恋爱六年的男友订下了婚期。为了庆祝毕业，男友捧来了一叠花花绿绿的自助游传单，让她选择。她上网查资料，在悉尼的旅游论坛上看到那张被称为"世界上最牛菜市场"的照片。照片中一条铁轨弯弯曲曲地从路中央穿过，两边挤满了各色水果蔬菜。

她指指照片说："我要去这里。"

2008 年 8 月，当所有人都飞向北京参加奥运会时，尚碧梅却在曼谷。这座城市已经成了国际性的大都市，但欧洲游客们依然没改掉挑刺儿的毛病。他们背着相机穿梭在 Maekrong 的铁轨上。

铁轨全长五百米，从头走到尾需要五分钟，尚碧梅来来回回走了半个多小时，中途还有一辆黄色的火车呼啸而过。远处一个长头发酷似日本籍的男子正捧着相机给一个满手污迹的老婆婆拍照。她走到镜头中，掏出钱用来换一根胡萝卜。然后，她看到相机后露出那张诧异的面容。她站在那里，直到男人丢掉了手中的相机，一步一步朝她走来。

沙卡，我们好久不见。

如果那时，我说过爱你

　　从北京到杜尚别一共要用七个小时零二十分钟。炎热的盛夏，在广阔干净的柏油马路边，我找到了游冬。

　　事实上，那里正是塔吉克斯坦最负盛名的星期一市场，每到这个时间，城市附近的商人都会沿着国内仅有的一条窄轨铁路直奔市场，站在清澈的冰川河流旁与人大声地讨价还价，热火朝天地买卖货物。在这些热闹中，隐藏着游冬的安静。

　　那天她只穿着一件白色的衬衫，衣摆随意地扎成了蝴蝶结，在客人身上比画一件墨绿色的衣裳。

　　女人的裁缝铺，开在杜尚别河一侧的一群破旧的灰色小楼房中间，两侧是一年四季都在贩卖各色玫瑰的花店。我站在对面的河堤看了她很久，又蹲下来抽烟，直到夕阳掉落在远处的雪山尖上时，才磨磨蹭蹭地走过去。她刚巧迎面从门内探出头来，怔怔地望了我许久，突然很诧异地用中文说："我以前，是不是见过你？"

明媚的光影下，她面容白净很安详，左鼻翼处有米粒大小的红痣。游夏在同样的位置也有红痣。有那么一瞬间，我怀疑自己是见到了游夏。她们长得那么像，几乎是没有差别。只是相比之下，游冬较沉稳，而游夏更活泼。

那时在浙江小城，作为论坛的驴友，游夏整日与我厮混在一起，白日里游山玩水，晚上点着灯四五个人围一起玩斗地主。每输一局就在脸上贴一张纸条。我牌艺不精，被游夏贴了一脸的诸如"我是流氓""我是猪"的标语。她的笑容里，有种北方女子的爽朗与透彻。我想这种笑容，就算看一世，也不会厌倦的。

只是后来出了事故，在回上海的途中，我的路虎和泥头车撞到了一起。当我在医院昏迷了整整一个月醒来后，已再见不到她的笑容了。他们告诉我，因为副驾驶座位上的气囊没能及时弹开，游夏受了重伤，从而引发了严重的肾衰竭。

而唯一能救游夏的，是换肾。经过几番辗转，我打听到双亲早逝的她，在世上唯一的亲人竟是七岁时就被人收养的孪生姐姐，可惜女孩在十岁跟随家人移民俄国，之后便下落不明。

我找了游冬整整一年，捏着游夏的照片站在街头向每一个中国籍的行人寻找线索，近乎绝望。最后从俄国一路东下，辗转到了塔吉克斯的首都——杜尚别。

孪生姐妹无论相隔多远，一定是有心灵感应的。所以我坚信，那她之所以能认出我，只不过是因为这个女人的身上，附着游夏的影子。

游冬的裁缝铺的名字翻译成中文，是"琉璃"。我在那里定做了一身塔吉克的民族服饰，选了一块宝蓝底灰白云纹的棉布。她慢吞吞地站起来，用软尺丈量我的肩宽，突然就在我耳边笑了，很安然地说："其实，你是来找我的吧？"我在铺子对面的街边蹲了一下午，游冬是细心的裁缝，又怎能没注意到呢？

但我要向她索取的，是一颗鲜活的肾脏啊。我始终觉得心虚，点了根烟在小铺子橘黄色的壁灯下吞云吐雾。她却突然伸手夺下我唇边的"三五"，给了我一小包绿色的粉末。她给我的是杜尚别特别的烟草，用来食嚼可以改善抽烟的恶习。

她漫不经心地嚼着烟草，听完我的话说："让我考虑几天，好吗？"

于是我在旁边的青年旅社住了下来。杜尚别虽然破旧不堪却异常得干净，打开旅店的窗户就能见到清澈见底的杜尚别河。天空终日都是深深浅浅的蓝，仿佛是从未曾有过阴霾的世界。其实也见过有人吸烟，但大多只是追逐风尚。坐在成片绿荫下端着咖啡吞云吐雾的年轻女子，有修长的腿和明媚的笑容。

我每天都步行去裁缝铺看游冬，期盼她的回话。我渐渐接受了那种可以放进嘴里的绿色烟草，蹲在一边看她将整块的布料剪开，再拼凑，用俄语流利地和客人交谈。

生意应该是不错的吧，杜尚别的女子大多都喜爱穿中国产的服装，漂亮时尚，价格公道。我不知道这二十年来，她经历了什么事，才会孤单一人流落到杜尚别这座人均收入还不到六十美元的城市。

我想，每个人心中都有一道伤口，是不能轻易揭开的。想到这时，心里竟然会有一种莫名的酸楚。

那日，店铺中莫名其妙地闯入几名小青年，穿着奇装异服，和国内的街头混混无异。他们说俄语，中间夹杂着本土的塔吉克语，我听不明白，但大约也猜出了一二。地球会转，收保护费也是全球通行的职业。只是游冬的神情看上去那么忧伤和无奈，她是一个弱女子，经不住欺吓，转身要从抽屉里掏钱出来。

我愤怒了，不顾她在一旁尖叫，扑上去就和几个孩子扭打在一起。强龙不压地头蛇，这句话是有道理的。警察在我被揍到鼻青脸肿后才赶过来，带着我们进了局子。一个小时后，领事馆的人匆匆赶来，身后跟着跌跌撞撞的游冬。

一见我，她竟然哭了，这就是她与游夏的不同。若换成游夏，性情刚烈的东北女子，必定是杀红了眼，领着人轰轰烈烈地来砸场子。但她的眼泪却是为我而流，落进眼里，让人心疼，进而惊恐。

为什么？我跨越了七千一百九十三公里的路程遇见她，为的却是取走她的肾脏，去挽救另一个女人。

城市公交线路并不发达，而且很早就会下班，于是我们步行回家。两个人一前一后走在柏油马路上，两旁是破败的楼房和鲜艳的招牌，像极了香港的兰桂坊。只是这里的夜生活是寂然的，马路上几乎没有人。

她穿着塔吉克斯坦最艳丽的长裙，头上盘花，婀娜多姿地行走在路上。若不仔细看，就与当地的中亚居民无异了。

最后，她终于转过身来凝望着我，长叹一声。一字一句都透着渗入骨髓的力量，她说：“随你想要什么，都拿去吧。”

女人的身后，是杜尚别终年不融的连绵雪山。在清冷的月光下，那些山峰都变成了暗影，沉甸甸地压进了心里，让人窒息。

第二日再去，她已挂出了店铺转租的招牌。移植手术不算小，至少要在国内休养半年。一日不做生意，店铺的租金她都负担不起。

我定做的那件长袍已经缝好了，针脚细密整齐，是费尽了心思做出的衣裳。在狭小昏暗的铺子里，游冬帮我试穿。宝蓝色的袍子裹在身上贴身得很，丝毫不显累赘。她一边取来长镜替我照出后背的样子，一边盯着我笑："你真是穿什么都好看。"

我知道女人对男人的爱慕有很多种。有的是炙热如火，就如游夏；而有的却是清风拂面般地不经意划过。

游冬是喜欢我的，我知道。但我已有了游夏，那个因为我的疏忽才躺在医院，至今昏迷不醒的女子。

在杜尚别的最后几日，我们游遍了这座只有一百二十五平方公里的城市。手拉着手登上东边山坡上的胜利博物馆，观摩那些公元前就遗留下来的阿拉伯风格的器具。走到山顶，就能鸟瞰整座城市的风景。我们就像一对从中国远道而来的恋人，一路上落下无数欢笑。

直到上海医院来电话，告诉我在中国的东边，还有一名生命垂危的女子，我这才如梦初醒，游冬并不是游夏，她只是拥有一张与我深爱的女人相同的面孔。

我是爱游夏的，是吗？

从杜尚别到北京，再从北京到上海，一路行色匆匆，直奔医院。

我为这样迫切的态度而内疚，但是游冬却没有任何介意。她站在重症监护室的玻璃窗外，沉默地守候着仍然在昏迷中的游夏。旁边有护士过来询问病史，她想了想说："我的身体一直很好，没有大病。"

我去拐角处的自动贩卖机买了杯咖啡给她，只听她低声地说："她还是二十年前的模样，我一直都记得。"我心口又是一疼，终究还是什么都没能说出口。

原谅我什么都没说过，游冬。

我不知道有一种先天性心脏病，若没发病是检查不出来的。而你虽看似柔弱，对于亲情却有着非凡的勇敢。

移植手术，做了十二个小时，我在医院门口蹲着抽光了五包中华烟，等来的却是移植成功，但游冬中途心脏病病发去世的消息。我没有去病房看游夏，亦没有跟随游冬的病床跑进太平间。我蹲在地上整整一天，医院走廊的一边是巨大的落地玻璃窗，大到能让所有的阳光都刺进心里，让人落泪。不去管什么男儿有泪不轻弹，我靠在墙壁上抱头痛哭，哭得撕心裂肺肝肠寸断。

为什么，在你离开后，我的整个世界，会在光明的白昼中，轰然倒塌？

半年后，游夏的身体康复，我与她和平分手。她已有一颗鲜活健康的肾去支撑自己寻找更好的未来，而我呢？我又回到了杜尚别。

游冬的裁缝铺还在，店主换成了本地的塔吉克女子，有高挺的鼻梁和深邃的双眼。她对外国客人很有礼貌，只是不太会讲官方通行的俄语，将我定做的开衫缝成了唐装。

我在杜尚别河的另一边开了一家小超市，专门贩卖中国制造的零食和日用商品。生意火爆到不行，特别是每周一的集市时间，都会上演门庭若市的盛况。

超市的位置，与她的裁缝铺遥遥相对。有时候，一抬眼，就能望见河流对面玻璃门里的影子，穿着鲜艳的塔吉克服装，黑色的盘头，沉默寡言地坐在门前剪裁衣裳。某一瞬间，我会以为是见到了游冬。

我想，如果我们失去了挚爱，生命就会变得不够完整。如果那样，我会在这座曾经有过她的城市生活下去，用余下的一生慢慢去拼凑另一个完整的自己。

如果那时，我说过爱你。

谁辜负了 Tarot 的倒吊人

小赌场 FourQueens 位于拉斯维加斯的老城区，提供从二十一点到老虎机的各种赌博游戏，有免费的食物和儿童寄存中心。最重要的是，他们还自带一间很有情调的小酒吧，那里的灯光搞得很暧昧，让每个人看上去都是面目模糊的样子。

其实这样很好，至少能让塔罗占卜师林佩佩小姐更加具备一种高深莫测的气质，但是荷官阿莫却不这么想。赌场的交班时间在凌晨一点整，每到这个时间，阿莫同学就会穿着黑色的西装跑过来，捏着琥珀色的威士忌在吧台前搔首弄姿，卖弄自己的美貌顺便砸我的场。

因为每当我为顾客解析塔罗牌面时，他总是很鄙视地说："林佩佩你也太没出息了，封建迷信要在国内搞，怎么能带出国呢？"如果是以前，我会把七十八张牌全砸在他那张猪脸上，但是现在我不能，占卜师必须时刻保持一种神经兮兮的冷静，以便随时与手里的塔罗牌进行畅通无阻的神交，我还是很讲职业道德的。

我只能祈祷，阿莫同学的注意力可以放在其他地方，例如不小心喝了某杯可疑的酒水，狂奔在去洗手间的路上。但这仅仅是我的幻想，我没那个胆子给他下泻药。每天晚上收工，我都需要依靠拉着阿莫同学粗壮的胳膊，走过七个街区回到赌场提供的宿舍。

2006 年，拉斯维加斯的常住人口达到一百七十七万，每天都有人玩过老虎机后很冷静地去法院申请破产，也有人走出赌场就直接买了七十平的小公寓。而我和阿莫同学，只希望能在路过那些藏在暗处的黑人、抱着胳膊抽烟的便装皇后，以及形迹可疑的金发少年后，平平安安地爬回宿舍里那张一米二的床垫上，相拥入眠。

这是不是爱情我不知道，城市的繁华总让人寂寞到心慌，至少我们还有彼此依靠时的宁静。

来 FourQueens 赌钱的人通常眼里只有钱，但不排除也有某些眼神不好的女人眼里会有玉树临风的阿莫先生。她们一整个晚上都会死守在台子前陪他玩二十一点，一边输钱一边很开心地和他调情。

那个总是穿黑衣，大把大把赌钱的金发美女 Saro 就是阿莫的粉丝会长。阿莫负责二十一点的时候她玩二十一点，阿莫负责牌九的时候她玩牌九，阿莫来小酒吧的时候她就跟着来小酒吧。

　　我不动声色地替他们切牌。阿莫挽着美女的手，在我的注视下战战兢兢地抽了张牌，然后一脸无知地望着我。他抽到的牌面上一个奇怪的小丑正脚上头下地挂在那里。

　　倒吊人，在正位时表示牺牲目前拥有的，一切要重新开始。

　　我一脸慈祥地对 Saro 姑娘说："恭喜小姐，这代表一段全新恋情的开始。"美女被我说得心花怒放，又开了瓶昂贵的 Whisky 请我喝。

　　我没有资格在工作的地方上演幽怨的背叛戏，只是一脸高深莫测地看着他们借着酒精激情四射地接吻。旁边有人起哄，口哨声排山倒海地充斥在小酒吧里。

　　那天晚上天空下着大雨，我一个人回家。刚走出赌场门口，Saro 价值十万美金的奔驰就从我面前飞驰而过，溅了我一身的泥浆。阿莫隐约在车里回过头冷冷地望了我一眼，然后绝尘而去。

　　走到第三个街区，灯影下走出一个长相凶悍的黑人。他拿走了我身上所有的钱，最后他想拿走我手腕上仅值八十美元的 GUESS 表，我反抗，结果小腹被狠狠地刺了一刀。

　　路边便利店的收银员拨打了 911，在被送进医院的途中我想我还是清醒的，医生在为我打肾上腺素时，我手里还死死地拽着那块 GUESS 表。

My boy

　　二十岁那年，在阿莫给我过的第一个生日时，他花掉了一个月的生活费在网上买了 GUESS 的心形手表。那时他在系里扬言要把我这个系花追到手，哪怕是追到天涯海角，付出再多也在所不惜。

　　而现在，除了偶尔需要彼此的怀抱，我们之间什么都不是。

　　我想我要感谢便利店值班的那个收银员——MX，一名医科大学还没毕业的学生。那天下午，他戴着一顶蓝色的棒球帽，手里拿着漫画书来看我，还瞒着护士给我带热咖啡、炸薯条和香烟。

　　我手机里留了他的手机号码，留的名字是"恩人"。

　　一个月后我出院了，回到 FourQueens 继续当神婆。小酒吧的灯光被调亮了一些，还安排了小歌手唱蓝调。只是阿莫再也没有出现过，从那日他坐在奔驰车里经过我的身边后，我就失去了他的消息。这样也是好的，没有告别就少了复杂的说辞。

　　每天晚上我穿着黑西装工作到凌晨一点，上天入地忽悠人。失恋的人我告诉他们会有新的希望，输钱的人就请他们换条红内裤。

　　走出门，我的恩人 MX 在外面等我。他开了辆二手的小车送我回宿舍，也总好过我独自走过七个不可预知的街区。

　　不工作的时候，我们也总会在一起。我用电脑逛国内的天涯，MX

看不懂中文就趴一边乖乖地玩我的塔罗牌。他偶尔会抬头看我，很专注，像是要把什么看进心里。

我很清楚以身相许的报恩和真正爱情之间的差距，但如果这算是谈恋爱，那么就是吧。

谁叫人都那么容易寂寞和感动。

2008 年，MX 从医科大学毕业后在拉斯维加斯的一家私立医院做儿科实习医生。我已经通过了荷官培训，成为荷官。

情人节，我上岗第一天负责二十一点。男人穿着阿玛尼走过来，撒出一大把的筹码。他嘴角叼着雪茄，挑起眼角看我："好久不见。"是阿莫，混得风生水起的阿莫。他点了一间 VIP 房间，让我陪他玩了一个晚上的二十一点。我每发一张牌，他就复读机一样地说一句："对不起，原谅我吧。"

那个晚上，我数清楚了，他说了三百二十二句"对不起"。

凌晨一点，我拉上在路边等我的 MX 去喝酒。我们喝多了，我摸出一套牌说："今天情人节，来算算我们的关系。"MX 醉醺醺地一笑，随手一摸，牌面上是熟悉而古怪的倒吊小丑。

倒吊人，代表请林佩佩小姐全心全意地重新开始。所以，我们手拉着手跑去结婚。

在拉斯维加斯结婚只要五十五美元，而且不用排期。但没想到情人节晚上喝醉的人会那么多，结婚的队伍从屋里排到了街上。有几个女孩没顶住，在排队的时候跑到一边呕吐。

夜空晴朗，有微风拂过。我们紧握彼此的手，慢慢地向前移动。突然，从旁边蹿出一个男人，朝着我大喊："林佩佩，你在干什么！"

是阿莫，他不要命地扑过来。虽然我林佩佩小姐通晓塔罗且略有姿色，但是何德何能让两个男人为了我打得眼睛都绿了。

我相信，任何女人都会选择爱情而不是报恩。任何一个中国女人都会选择同胞而不是洋鬼子。

告别恩人 MX 那天，他默默地将我的牙刷毛巾打一个包，面膜乳液又打一个包，指甲刀和牙签还打个包。阿莫开着很时尚的红色跑车来接我，拉斯维加斯房价大跌后，他有足够的钱买到一处有庭院和游泳池的房子。

我结束了短暂的事业，天天待在家里逛天涯，我已经不玩塔罗牌了，阿莫不喜欢这种没有概率的东西，自从依靠赌博赚钱后，他连上厕所都要计算概率。虽然在拉斯维加斯注册结婚只要五十五美元，但是即使他喝得再多也没有说过要结婚。

7 月生日，我独自一人去 FourQueens 的小酒吧喝酒。自从我走后，他们就换了个西方神婆，不会玩牌但是号称会看所罗门手相。她神经兮兮地拉着我的手说："小姐，你最近有桃花，会遇到真命天子。"我听得心花怒放，招手就请她喝了一杯。

凌晨两点，我醉醺醺地跑出去沿着小巷向前走。阴影下蹿出几个小流氓，盯着我耳朵上熠熠闪光的坠子不放。我把耳环、项链和戒指都取下来，这些都是阿莫送给我的。

他们很满意地走了。我回过头，那家二十四小时的便利店还在营业，里面值班的是个长头发的女孩，正一脸担忧地看着我。

MX，那一刻我突然天翻地覆地想念你。

MX，请原谅那时候我不懂得：倒吊人，代表放弃一切重新开始，更代表义无反顾地为谁付出。

我注定辜负了你。

请容许我给这个故事两个结尾。

结尾一：林佩佩小姐回到豪宅，继续没心没肺地逛天涯，等待那个叫阿莫的男人在某天向她求婚。

结尾二：林佩佩小姐从此开始天南地北地寻找 MX，她要他重新抽一张塔罗牌，以此决定自己的爱情。

新德里，等北纬 28 度的一个轮回

东经七十七度，北纬二十八度是巴斯二十二岁时生活的位置。

那年他每周固定要做的事有很多：到自家的农场看看新栽培的庄稼，驱车去新德里大学读计算机信息研究课程，去城东那一家口腔诊所看病。

诊所就开在亚穆纳河的一侧，挤在一群破败的楼宇中间，狭小简陋，不时地散发出刺鼻的消毒药水味。这样的诊所，大多是为城东农庄的工人准备的，收费廉价，适合处理一些小痛小病。

这里环境可疑，巴斯却可以心安理得地躺在椅子上观察那位穿淡蓝色大褂的中国女医生。和那些浓眉大眼的印度女孩不一样，她笑起来的时候，原本就精致细长的眼睛会眯成一条缝，透着流光溢彩的温暖。大约是印度语说得不够熟练，她很少说话，显得很安静。

新德里城东的郊区，常年穿梭着各式各样的动物：印着字母的奶牛，被结扎过的野狗，还有屁股上贴反光标签的大象。在城中生活的印度女孩是很介意这种环境的，她们要么打车，要么干脆就不来这一区。

第一次见面，是他要去父亲农庄时路过了这里。女医生穿着淡蓝色的长大褂站在门口，提着一大袋香蕉分食给在门前寻食的大象，面目柔和。他好惊讶，她居然不害怕这种被印度政府宠溺到无法无天的动物，于是就托农庄里的工人打听她的情况。得到的答案很模糊，只知道她叫梁庭雨，是中国来的留学生。因为还在等着申请附近医学院的研究生，就待在姨妈的诊所里帮帮手。

他想了想，自己右边那颗智齿没有完全长出来，隐隐地发疼。于是他走进她的诊所，她只看了一眼就建议他拔掉那颗毫无用处的牙齿。但他拒绝了，冠周炎是无法完全治愈的，巴斯想要的就是她一次又一次地帮自己做消炎治疗。

喜欢，有时候只是被对方身上的某个闪光点所感动；有时候只是想方设法地要多看她一眼。

七月，新德里进入了绵连的雨季。雨水好像是眼泪，说来就来。

去城东，巴斯是不可以开父亲那辆日产丰田的。在贫民区太过招摇，随便往哪儿一停笃定会被人划花。但他还是坚持复诊，坐着摇摇晃晃的巴士从恒河平原一路颠簸而来。车窗外，前一秒还是艳阳高照，下一秒就"哗啦啦"地落下暴雨，所以他的黑色笔记本包里始终带着一把伞，他就将被挤得鼓鼓囊囊的包抱在怀里。

那日，他刚下车就遇见了走在前面的女医生，裹着粉红色的纱丽，迎着细雨往前晃悠，在风中显得比印度女孩更单薄。他赶紧撑开伞上前几步追了过去。她见到他有些诧异，在黑色的伞下用半生不熟的印度语和他交流。他听懂了，她说："你的智齿暂时不发炎了，可以不用再复诊。"可他假装听不明白，一头雾水地看着她。

于是两个人小心翼翼地避开路面上的牛粪和碎石走回诊所。男生大半个身子都淋湿了，他接过她递来的毛巾时手在微微轻颤，又生怕被她发觉自己的紧张，就装模作样地轻声咳嗽。

回去的时候他带着她开的感冒药和电话号码。感冒药是她坚持塞进他手里的，而号码却是诊所的固定电话。她刚来新德里不久，没有什么认识的人也不需要手机。

自然是不能再去复诊了，但电话是免不了的。每次他都是战战兢兢地打过去听她用蹩脚的印度语和他交流。

诊所生意清淡时，他们就大段大段地用英语聊天。

于是他知道她是拥有四分之一印度血统和四分之三中国血统的混血

儿，她的印度语和英语都是跟住在加尔各答的外婆学的。她在中国读的口腔医学，然后来印度考研究生。她适应不了亚热带的潮湿，也适应不了充斥在新德里每个角落的烂糊糊的咖喱味道，每次去吃饭，她都分不清楚被淋上黄色咖喱的到底是萝卜还是土豆。

他听得莫名其妙地心疼，决定要做中国菜给她吃。

菜谱是从网上下载的花生莲藕焖排骨的做法，然后他上易趣买了中国调料。印度的调料买回家都是现成的粉末，只需要分辨不同颜色，而中国的食材有各种形状，非常复杂。

这个二十二年来没做过一次饭的男生，偷偷在厨房里反复试验了一个通宵，总算能够见人了。他兴致勃勃地提着菜去找她时，她正忙得不可开交，一边看病一边点头示意他把饭盒留下。橘黄的探照灯下她只露出一双熠熠的双眼，一边看病，一边偷偷地瞟向坐在一边的巴斯，眼神里有百转千回的温暖。

但是只是一眼的温暖就够了，他的全世界都愿为她而停止。你看，他的感觉没有错。她应该也是喜欢他的。

2003 年的秋天，她研究生考试前，他带她去了城东北角的红堡散心。在砂岩砌成的朱墙下牵手漫步，抚摸用大理石雕刻的窗棂，他请她吃手抓饭和加巴地饼，企图混进身材高大的欧洲游客中免去门票。

回去的时候，已是日暮。他沿着恒河支流的河堤开着车，CD 机里放的是歌手周杰伦的歌。唱片是他特地从朋友那里抢来的，里面的男生在口齿不清地哼唱《双截棍》。他听不懂，但是也很亢奋，一不小心就撞上了一头横在马路中央睡觉的奶牛。

醒来的时候，人正躺在担架上被抬上救护车，警车和救护车的红绿灯在黑夜里闪烁，四周一片嘈杂，令人眩晕。他别过头想去寻找她，却发现自己的脖子已经被固定住了。

他撞断了双腿，接下来的日子，被转到新德里北区的私人医院休养。和中国女生的绯闻让整个家族为之震怒。好在每日照顾他的，是从小就陪伴在他身边的保姆，平日里总能听说一些事。他听说她住在东区的公立医院，只是受了轻伤；听说她错过了研究生考试，还参加了动物保护组织给新德里的上万只野狗做结扎手术。

他那么想念她，每天都很努力地做物理恢复，却始终得不到她的探望，心里便渐渐薄凉起来。

倒是住在新德里城北的表妹每隔两三日就来看他，带来自己的 PSP和 IBM 给他玩，每次逗留都是一整天。他看得出来表妹对自己的喜欢，而他自己也想要以新情换旧伤。

巴斯出院那天，就在恒河平原的别墅，由着母亲宣布了他和表妹订婚的消息。

后来他也有拄着拐杖去寻她，但亚穆纳河旁的诊所里的医生早已换成一位年长的男医生，而她却下落不明。

半年后，巴斯大学毕业，进入一家著名的 IT 企业做测试工程师。他与表妹很快举行了婚礼，穿着烦琐的礼服，被一大群僧侣众星捧月一般围绕在中间，唱了大半天的祈福歌。

他面不改色地坐在那里，脑海里总是浮现出最后望她的那一眼。她坐在副驾驶座位上，随着音乐和他一起摇头晃脑，春风得意的模样。当时的情形，已在脑海中模糊成一道光影，点亮了他的过往。

2004 年 5 月，梁庭雨在中国深圳。

行医资格证和毕业证书都被压进了行李箱，托朋友找了一份网站助理编辑的工作，每天对着电脑重新学习简单的 HTML 代码。她工作勤恳努力，脑子也很灵活。从助理编辑到编辑，从编辑到策划，从策划到总监。

她只用了四年时间，和周围的人斗心计，斗情商，一路扶摇直上。

只是同一团队的人偶尔需要将就她的工作速度。人家用两只手工作，而她这个左撇子几乎不怎么使用右手。

那年她偷偷去防范森严的私立医院看他，躲过穿绿色制服的保安和护士。刚走到门口就看到玻璃窗内，男子正和一名浓眉大眼的女子共用一台 MP3。他的面目在鸟语花香的阳光下显得祥和而快乐，看不出有半分思念的煎熬。

她胆怯了，还没来得及闯进去就被门外的保安发现了，他们请她出示探望证，她没有就被赶了出去。她好伤心，回去就加入了动物保护协会，为新德里的野狗做结扎手术，心神恍惚，割到了手腕。

一周后，女医生回诊所，右手渐渐开始拿不稳任何东西，这对一名靠精准为生的牙医来说是致命的。医生说她是慢性神经炎，起因当然是因为那次车祸。她好不甘心，最后一次尝试为病人打开牙齿的髓腔，结果右手突然痉挛，钻到了人家的舌头。

然后她知道，自己注定会有另外一种人生。

冬天，深圳的天气很诡异，忽冷忽热。

梁庭雨背着笔记本赶回公司。低着头挤进电梯，旁边是几名皮肤黝黑的印度人。金融风暴开始后，集团开始不断精减人员，以方便有适当的人力成本派遣印度分公司的程序专家过来进行工作交换。

她回过头想给对方一个官方的微笑，对上的，却是一张四年不见的面容。

四年间，她每日上班都化小烟熏妆，失去了做牙医时那种老实本分的气质，面目变得那么生动。他耳朵里戴着 MP3，隐约能听出来是周杰伦的《牛仔很忙》。

　　他没有认出她，用标准的普通话说："借过。"然后走了出去，挥袖间留下淡淡的古龙水味。隔日，她托人调来他的临时档案，上面白纸黑字地写着婚姻状况是离异，而且他会在深圳工作一年。

　　2008 年冬天，梁庭雨第一次感受到自己的人生仿佛是被重新开启过，她就像一只坚毅而沉着的鸟，收拢了翅膀匍匐在他身边。

　　等待，他的发现。

小黑马的忧伤与告白

姜露的脸很小而且很白，藏在马术头盔下面，就显得有些底气不足。

2008年春天，史冬鹏第一次见到她是在郊区的春光马术俱乐部。小姑娘站在马匹旁边，说话很用力，时不时就扬起脸教育他："腰要挺直，屁股别全坐着，你腿软啊？"史冬鹏觉得很好玩，自己一个三十多岁的男人干吗要听你一个小屁孩的话，不就是骑个马吗？捏捏马耳朵又怎么了。当时的情况是这样的：姜露小朋友气不过学生欺负小黑马，就用鞭子轻轻拍了下马屁股，于是史冬鹏连滚带爬地从马背上翻了下来。

俱乐部的马棚里养着十几匹被领养或被买下的上好马匹，那天是姜露轮值，上完课她得去马棚打扫卫生。史冬鹏磨磨蹭蹭地走过来说："姜老师，我错了还不行吗？"姜露扫了他一眼没吭声，手里拿着铁铲全力以赴地铲马粪。她脑袋上的头盔已经取下来了，又黑又直的头发扎成马尾，更像是一个小孩子。

他跑过去，拎起铲子跟着劳动。经过刚才被自己欺负过的黑马时，小牲畜一蹄子蹬到他的脚脖子上。姜露不得不第二次带他去医务室。

其实，她只是在收了大把的学费后，像对待其他学生那样对待他。史冬鹏是姜露班上最不好带的学生，但人年纪大了就有了自己的想法，他不可能像其他十来岁的孩子一样什么都不问，只端端正正地坐在马上学基本功。

她拿他全然没有办法。她把自己的马术表演录像带借给他看。录像带是早些年参加比赛的时候拍下的。那时的姜露只有十五岁，已是比赛中的超级黑马。小姑娘穿着黑白色的礼服，一本正经地坐在马匹上，左蹦一下，归位；右蹦一下，归位。那样子优雅极了。史冬鹏看得直头疼，没看几分钟就掐掉了。他对马术充满了幻想，他希望有一天可以在草原上骑马奔驰，横着骑，倒着骑。比如郭靖黄蓉，也比如杨过小龙女。像姜露这种蹦蹦跳跳的玩法，他觉得好无聊。

其实来学盛装舞步，是淑薇的意思。淑薇是他的学姐，亦算是爱人。她聪明、骄傲、出类拔萃，拥有一切可以傲视群雄的资本，她亦时常让史冬鹏感到惶恐。

　　某日，他们看电视。翡翠台正在放英格兰人最爱的马术表演，淑薇挽着他的胳膊说："要是你也会骑马，该多好。"他很开心地说："其实我会骑骆驼。"淑薇的脸立刻就冷下来了。第二日，他便上网寻找可以学骑马的地方。

　　他爱这个女人，爱到愿意为她做任何事。

　　直到 2007 年秋天，淑薇作为遗传干细胞专家出访夏威夷半年，史冬鹏才结束了马术课程。他不是驴，与其每个周末把时间浪费在充满臭味和黄沙的马场，被一个比自己年轻了快十岁的丫头抽，不如去酒吧消遣。

　　他是位涂鸦艺术家，酒精是他创作的灵感源泉，而那些在墙壁上被涂抹得很毕加索的图案就是他的生命。当第三杯杰克丹尼下肚时，手机响了，是姜露。她照例用很严肃的语气教育他："史冬鹏，你怎么没来上课？三天打鱼两天晒网是不行的。"

　　他眼前浮现出她的模样，一定是板着张水水嫩嫩的小脸，眉头紧紧皱在一起一副理直气壮的样子。他唯唯诺诺地说："姜老师，我错了，我改。"

　　史冬鹏答应第二日去春光马场补课。姜露放下电话松了口气，狭小的宿舍，墙壁上依次贴着一排五颜六色的记事贴，歪七扭八地写着字句——"你好啊。""最近怎么没来上课？""你要坚持啊！"……她事先安排了和他之间所有的对话，一字一句写上去贴在墙上。男人每说一句，她就慌慌张张地在墙壁上找合适的台词。

她不是胆小的人，九岁时第一次练马术就可以独自走过去抚摸马头了。十五岁参加比赛，气定神闲地拿了个冠军。十九岁，她遇到史冬鹏，他满不在乎的样子，让她看到了之前生命中从未见过的、只属于男人的霸气。

她突然就变得沉默，胆怯得不会说话，也许这就是喜欢。

春光马场，每日早上七点到夜晚九点营业。那天史冬鹏慢悠悠地跑来时，已是晚上八点半。整个马场只有姜露和她的小黑马在沙土中等他。

她在练习日本女人走碎花一样的工作步，他翻身骑上马看她很拘谨地站在一边，严肃得不得了的样子，突然就起了玩心说："上来，我们一起练。"女孩一下就红了脸，不知所措地被男人拉上马背。

他们在月色下骑马行走，踏着黄沙和月光，一圈又一圈。远处，路过马场的行人朝他们狂吹口哨。女孩害羞地低下头，那一瞬间，史冬鹏嗅到了青涩的芬芳。

每个女孩身上都有自己的味道，淑薇用松木味的中性香水，冷静成熟，荡漾着风韵。而姜露什么香水都没用，浑身只有每日混在春光马场沾染泥土的潮湿气味。但他的心，却没来由地一动。

　　尽管春光马场明文规定员工不得和客户谈恋爱，但女孩决定要向他表白。

　　之前，在她给他的那个录像带中，第五分三十秒是她的自拍，穿着马场的装备，小脑袋上顶个大头盔，背景是小黑居住的马棚。当时她把所有的台词都写在纸板上，藏在摄像机下面，一字一句地念下去。她说："我喜欢你。"

　　但史冬鹏将录像带还给她时，她从他眼里看到，男人根本就没看到第五分钟。

　　再一次表白，她从衣柜里挑出一条糖果色的连衣裙，跑进他的工作室。站在一堆油漆中间，结结巴巴一直讲不到重点，一边说还一边偷偷瞄自己的手心。

　　史冬鹏被她这副模样逗乐了，走上去抓住她的手摊开一看，四个硕大的汉字，"我喜欢你"。男人三十岁，并不是容易惊慌失措的人，他很镇定地说："可是，我已经有女朋友了。"女孩快哭了，说："我不在乎。"

　　姜露不在乎史冬鹏是不是有女友的男人，她喜欢他，很单纯到只要能和他在一起就是开心的。

　　2008 年春天，史冬鹏已经练会了好几个盛装舞步的基本动作。她推荐男人参加马场自行组织的马术竞赛，每天跌跌撞撞地跟在小黑的后面追着男人编排舞步。男人回过头，看着马屁股后的女人问："你不能再骑一匹马吗？"姜露在阳光下，扬起脸，皮肤变得近乎透明，她勇敢地朝他伸出手说："我要和你骑同一匹。"

　　他想了想，一把将她拉进了怀里。

　　夏天的时候，淑薇回来了。史冬鹏把画得花里胡哨的墙壁重新粉刷成白色，他剪掉及肩的长发，刮好胡子然后去机场接她。这半年，他写了很多信给她，自己如何努力地学盛装舞步，如何在马场的学生比赛中得了冠军。她只是偶尔有过消息，发一封邮件，附件里是她在夏威夷阳光下灿烂的微笑。

　　他很想念她。

　　周末的时候，他拉着淑薇的手去春光马场检验自己的训练成果。远远地，姜露骑着小黑马疾驰而来，她没有戴头盔和马鞍，半伏在马背上，黑色的头发飞得高高的。他心里紧张得半死，生怕她从马背上摔下来。但是女孩一副很快乐的样子，把马牵给他，朝淑薇甜甜地叫了一声："嫂子。"

My coy

　　史冬鹏给淑薇表演了一个人的盛装舞步，还用积蓄买下了小黑马等女人回来送她当礼物。他在马背上前进、后退、侧移、跳跃……旁边突然响起一声怪异的口哨，小黑马突然拔地而起，男人被甩了下来。

　　还好，只是断了一条小腿。

　　淑薇送史冬鹏去医院打石膏，她给他端茶倒水忙进忙出，仿佛已经成为他的妻子。得妻如此，夫复何求。

　　第二日，姜露来了，手里抓着只肥大的史努比当作礼物送给他。她说："对不起。"男人摇摇头，没关系的。口哨，是姜露吹响的。她觉得淑薇也许并不是真的爱史冬鹏，要不然为何会逼着男人来学自己并不感兴趣的东西呢？一开始，她只是想要男人出丑，证明自己的想法。她并没有想过要伤害谁。

　　临走前，女孩问他："你喜欢过我吗？"男人摇头："没有的。"

　　两分钟后，淑薇提着热水瓶走进来，在床头给他泡了一壶毛尖。她淡淡地问："你喜欢过她，是吗？"史冬鹏拉过女人的手，说："我爱你。"

　　男人在一年四季经过的各色芬芳中，总会遇到那么几个让自己心动的女子，终究只能有一个值得被永世铭记。所以姜露，对不起，我喜欢过你却无法爱你。

打错了

　　最遗憾的不过是，遇见夏临风的时候，他已并非单身。

　　2012 年，张学友的深圳演唱会上，歌神站在舞台上演唱那首耳熟能详的《她来听我的演唱会》，现场导演机智地在人群中寻找一对对情侣的脸，拍下来切换到舞台旁的大银幕上很应景。然后当摄像机对着夏临风的时候，男孩转过头，给身边那个女孩一个缠绵的热吻。全场欢呼雷动。

　　当时小飞一个人坐在山顶的位置，捧了大半场还没喝完的可乐已经变得温热，她远远地看着大屏幕上那对认真接吻的情侣，手一抖就把饮料倒在了自己的裤子上。她顺手拍了张照片发了朋友圈："歌神魅力十足，隔老远都能被震到。"

　　演唱会散场时，果然接到了他的电话，兴致勃勃的语气："原来你也过来看演唱会了，一起吃夜宵吧，还是烧烤档。"

My coy

　　从前每个加班的夜晚，小飞和夏临风都去光顾写字楼下那家小小的烧烤档，他点腊肠、生蚝和鸡脆骨，而她中意馒头、韭菜和土豆。夜晚的风有一种浸润心肺的凉，两人就着火辣辣的烤串分享一瓶冰冻的青岛啤酒，用塑料杯子盛满，小口小口地饮下去，冻得腮帮子发抖却有一种自由放松的畅快感。

　　那年小飞二十三岁，和大自己三岁的夏临风从同事成为朋友。二十三岁是一种什么概念呢？大概就是刚刚接触到社会的年轻人，前一秒可以肆无忌惮地嚣张，后一秒又莫名地将自己放低到尘埃里。

　　演唱会结束的那天晚上，小飞嘻嘻哈哈地坐在那对情侣的对面，一会儿唱歌一会儿耍宝。一同来吃夜宵的那个女孩很美，长发大眼，锥子脸，腼腆地笑着，像个芭比娃娃。她不会自己动手夹菜，夏临风给她挑什么她就吃什么。

　　散场的时候，夏临风打了辆车说："我先送她回去啊，你自己路上注意安全。"

　　小飞一脸不耐烦地朝他们挥挥手说："走吧，走吧，别磨叽。"

　　四月的时候，公司派小飞和夏临风去缅甸出差。外贸公司，欧洲、迪拜和美国这种地方都是领导去的，到东南亚周边的工厂看货这种差事自然就落到了年轻人的身上。

工厂厂主是个中国人，酒过三巡，非要给夏临风安排安排。还没等夏临风拒绝，小飞在一边先急眼了，挽住夏临风的胳膊说："不劳烦陈总了，他今晚有安排。"说罢，拉着他就逃出了那家乌烟瘴气的酒楼。

缅甸雨后的夜空，星光像洒落在黑色绸缎上的钻石，夜风透着寒意，路上没什么人，他们走出去一段路后，看见前面一户民居门口挂着红灯笼，门下站着几名身裹袈裟的喇嘛在诵经。

"是什么大户人家有喜事？"夏临风在一边说，他喝得有些多，步履蹒跚。

她点了点头附和道："是的，有人结婚。"随后她又紧紧握住他的手说："你饿不饿，去吃个夜宵？"

感情是自私的吗？当然。她不是傻子，懂得凡事都要靠自己争取的道理。男人不会莫名其妙地爱上你，这里面总是有一些原因的。

1997年，林夕与爱人相约异国共聚，后者却未曾出现，于是他便写下了那首著名的《再见二丁目》——无论于什么角落，不假设你或会在旁，我也可畅游异国，放心吃喝……

2012年，小飞在缅甸的街头轻轻哼唱这首歌，她的粤语讲得并不好，磕磕绊绊地唱到一半，旁边的夏临风突然停住了脚步，对着她的嘴唇落下一个轻浅的吻。

"我想我喜欢上你了。"

"我想，我也是。"

是的，感情的发生都一定有它的原因。比如夜色撩人令人迷乱，比如先前不经意暴露的小小醋意，比如走了几公里却没想过要放开的手。

他们决定同居，夏临风收拾了几件衣服，抱着自己的游戏光碟和PSP就搬进了小飞的单身公寓。那是一套四十平方米的小公寓，小飞将家里收拾得干干净净，腾出了一半的柜子来容纳他的东西。

爱情在起初总是令人迷醉的，他们手牵着手去菜场买菜，路过鲜绿的青椒、明紫的茄子、翡翠色的生菜和橘红的西红柿，一个人做饭另一个人就负责洗碗，周末雷打不动地要去附近影城看一场电影作为约会，十指紧扣，日子过得像诗一般。

那个被夏临风甩掉的芭比娃娃一样的前女友呢？小飞没有去问，也不敢去问。但对于抢人男友这件事，小飞才不觉得自己无耻，结婚之前大家都有挑三拣四的权利。

直到2013年，她在夏临风的手机上发现了还没来得及删掉的微信。他对芭比娃娃说："你还好吗？有什么需要帮忙的地方随时找我好吗？"

她终于感觉到报应来了。

接下来就是无休止地争吵，她指责他是个感情骗子，而他说她没事找事，不可理喻。她把他的游戏机摔在地上四分五裂，而他在愤怒之下夺门而出，不知所终。

夏临风搬走的那天没有通知小飞。她出差回到家，发现原本被杂物挤得满满当当的小房间，空旷了不少，他收走了所有属于他的东西，连一支牙刷都没有留下。

第二日小飞到公司，看见那个离家出走的男人坐在自己的格子间里，她几乎要愤怒地冲过去找他说清楚，迎面却撞上那一张淡漠而无畏的脸。

那张她曾经爱过的脸。

一切都结束了。2013 年年底，小飞申请辞职，办公室恋情从来都比普通恋爱更加伤人，丢了人不说，还丢掉了事业。

然后父亲说，反正都失业了，不如你出国镀镀金吧。

选择的学校在澳大利亚，听说校园里总有袋鼠在跳来跳去，而浣熊则忙着翻食垃圾。她独自去到那里，选择了英国文学这个专业。学校里的中国人不多，所以她总是独来独往。她买了辆二手的 SUV，每日往返在学校与公寓之间，周末就去中国超市买菜包饺子。

当然也有人追她，是个金发碧眼的法裔男孩。他从自家的花园里采了一束粉色的玫瑰带给她，问她是否愿意和自己一起共进晚餐。小飞想了想，还是去了。约会地点选在一家浪漫的湖景餐厅，小飞坐在白色的餐椅上，手里冰凉的餐刀划过牛排，她漫不经心地问他："聊聊你的前女友吧？"

前女友有什么好聊的？法国男生百思不得其解。

"嗯，没什么。"女孩低头笑了。

他们在一起两年，好聚好散地分手，回国之前法国男孩过来送行，问她："和我在一起时为什么总是提我的前女友？"

女孩笑了笑，向他道歉："对不起，是我没有安全感。"

受过的伤，总以为是可以被时间愈合的，但并没有；爱过的人，也总以为是可以忘掉的，但并没有。皮肤上留下疤的地方，会更加脆弱，也会让人更加小心翼翼，生怕再次受到伤害。

她的心中藏着恨，也带着爱，看似云淡风轻，但从来都没有退去半分。

2016年，在一个成熟的信息时代要找到谁是轻而易举的事。

此时的小飞已经二十七岁，放在老家已经是大龄的剩女了，但她不急。回到深圳后，她轻而易举地在一家专做译文出版的公司找到工作，日子清闲而充实，每天除了到处找寻优秀的稿件之外，就是上微博看夏临风的主页。

他单身，已经是三十岁的老男人，经常在微博上发些感叹，年轻时曾错爱过一个人，年老了竟经常想去把那段失去的爱情找回来。有朋友在评论里嘲笑他："你说的不会是那个和你是同事的小妹妹吧，当初不是你甩掉了人家？"

　　后来小飞打开许久不用的老信箱，竟意外地看见无数封来自他的邮件。

　　他说，自己的前女友那段时间丧母，自己只是作为一个朋友想要帮助她。

　　他说，他很想她，觉得很对不起她。

　　他说，你在哪里，你是我唯一爱过的人。

　　她一封接一封地看下去，泪流满面，却无法原谅他。感情从来都是爱与恨交织，像钻进了一个死胡同，忘不掉也放不开。这么多年过去，他已渐渐生长成在她心口的一根刺，连皮带肉，拨一下都会撕心裂肺地疼。

　　后来，小飞竟然又回到了缅甸。

　　出版社要做一系列东南亚风情的书籍，于是她出差来到这里，这座城市变得比之前更加糟糕，破败的街道、陈旧的建筑，以及行走在路上面无血色的难民。

　　那天小飞和摄影师走在路上，刚说完那句："我从前和前男友来过这里。"就听见一阵"噼里啪啦"的声音。女孩以为是谁家在放鞭炮，回过头却看见一群惊慌失措抱头逃窜的本地人。

　　空气中蔓延着浓浓的火药味，男摄影师拉着她跑进一户人家的院落里，两个人抱着设备挤在水缸背后，听着外面咿咿呀呀的缅甸语，这里的人大多是讲中文的，所以说话的应该是来自北部的民族武装。她低下头，感觉子弹擦着头皮飞过去，每一颗子弹都有机会打到自己的身上。

直到夜晚，军队撤离，他们才有机会走出来，冲着逃回中国边境内。男摄影师到了安全的地方，拿出电话打给自己的妻子说："亲爱的，差一点我就看不到你了。"

她摸了摸手机，大概是掉在了某处已经找不回来了。有名中国军人走过来，问他们要不要安排回市区的汽车，小飞蹲在地上，哆哆嗦嗦地替自己点了根烟，然后问那名军人："请问你有手机吗？我想打通电话。"

那十一个数字的号码，一直滚瓜烂熟地记在小飞的脑海里，从来没有忘记过。

2017 年的春天，小飞站在中缅边境的某处难民营中，手握着黑色的固定电话机拨通了那个号码。

他飞快地接了起来，那声音听起来没有半分的变化，他问："请问哪位？"

女孩在夜色中笑了，眼角带着泪："对不起，我可能打错了。"

是的，她依然爱他，她也依然恨他，即使在经历过生死的劫难之后。因为爱与恨是从来不矛盾的事，爱着的那部分依然是深爱，而恨着的那部分，也可以不再谈原谅。

光影之下，看彼此失散

　　深圳 2008 年的初冬，她穿着一件中袖的碎花小旗袍走过来，黑色缎面，梅花的暗纹。小区走廊的风呼呼地吹过去，她抱着胳膊战战兢兢地往前走，然后停下来捂住鼻子打了个喷嚏。这让林城觉得她是南极大陆上一只被拔光了毛的企鹅。

　　小电工林城工作的小区和深南大道上那块嚣张的广告牌上的形容是有差距的。号称三千精英入住的小户型社区，实际才卖出不到五百套房子。在这里工作半年，他每天早上只能见到几名年轻男子，面目清晰，背着笨重的笔记本包，戴上耳机站在路边的花木浓荫下等车。遇见苏眉，也只是偶尔。

　　那晚小区的电路烧了，林城坐在高高的人字架上，嘴里叼着手电筒，剪断一根电线，再换另一根。然后他听见有人"啪"一声撞在墙上，低下头他就看见了风姿绰约的旗袍女苏眉。

她大约是喝醉了，扶着墙爬起来，老老实实地对着墙鞠了个躬，说："对不起，撞到你了。"然后掉个头继续走。短短一百米的走廊，她来来回回走了五次，硬是摸不着门。

林城坐在架子上看了半天，最后只好收拾好钳子，迎上去说："苏小姐，你回来了。"她扭头一看，突然清醒了，回他："哦，林城啊，我找不到我家住哪儿。"他接过她的包和钥匙，语气无比平静地答："你住十三楼，这里是三楼。"

她"哦"了一声，抱着胳膊继续发抖。这鬼天气，一下子从二十九摄氏度降到十四摄氏度。林城脱下卡其色工衣披在她肩膀上说："苏小姐，我送你回去。"她突然笑了，扑过来抱住他在他的领口使劲蹭，脸上的妆花得一塌糊涂。林城低下头，她喝了酒但眸子却是清澈的，似躲在浅浅云层下闪烁的星。

盛夏的时候，林城去过苏眉家。十元钱换次灯泡，加二十元可以换灯座。物业公司的服务专宰苏眉这种生活缺乏自理的女孩。她兴致勃勃地站在下面，扶住架子看林城换灯泡。突然开口道："哎，林城其实你长得挺慈祥的。"

苏眉的比喻基本上是用动物来代替人。门口的保安是只机灵的猴子，给楼道消毒的阿姐好像狸猫，和她拼车的程序员是头正处在脱毛期的狮子。那天林城换完灯泡从架子上爬下来，她笑眯眯地看着他说："你长得好像北极熊。"

林城知道苏眉是动画设计师，每天用电脑一帧一帧地画图，组合起来就是一部动画片了。有次他在苏眉家修坏掉的电磁炉，离开时，她穿着睡衣光着脚蹲在椅子上绘图，地板上到处是一张一张凌乱的草图，满地的梅花鹿、兔子还有狐狸。林城脱掉鞋子，小心翼翼地踩过去，生怕动作过大会惊扰了全世界。

林城对工作热情起来，时常在早晨拎着工具箱往十三楼走，心里总希望看到那双熠熠发光的眼睛。他在她家门口小心翼翼地徘徊，充满了善意和期待。有时候路过那扇黑色的门，他会停下脚步屏住呼吸，企图听到屋子里的声响，以判断那天他是否还有机会再见到她。

终于在第八个清晨，她穿着一件白色的衬衫冲出来，冲他一笑，说："早晨。"他愣了一下，学她用广东话讲："早晨。"停了停，又着急补充道："今天的衣服很好看。"她的脸颊泛起潮红："谢谢。"

后来，他站在那里半天都回不过神，脑子里就只记得满目的梨花白和一双满含春风却转瞬即逝的眸子。

每段爱情都是从你来我往开始的。他鼓起勇气送她老家腌制的腊肉，她回赠一瓶妮维雅男士洁面乳；他坐公车到很远的地方买了一只煌上煌烤鸭送过来，她干脆动手做饭，两个人分享一顿丰盛的晚餐。

平安夜，他拉着她去农民村附近的串串香吃饭，那里一串牛肉才五毛钱，在撒钱跟撒花一样的深圳简直是便宜到不可思议。苏眉那天穿着双跟很高的达芙妮鞋，还有一件短款的旗袍，要绞着腿才能勉为其难地在狭窄的过道上坐下来。周围是彪悍的老板娘和染着黄头发的服务生，旁边一桌人大约是附近工地的工人，穿着松松垮垮的西装，喝一杯啤酒说一句脏话吐一口痰。

林城开心死了，因为苏眉在身边。他给她夹一片猪心问："好吃吗？"她很乖巧地配合，回他："好吃啊。"又夹一片猪血，问："这个呢？"她笑得很温暖，好脾气地回他："北极熊，你给我吃什么都好吃。"

他们的关系从未明说，林城觉得有的事根本不需要明说，言辞上的力度远远无法表达某种情感。他想他和她的关系应该是透明的，别人兴许一眼望穿，其实什么都没看到。

除了他们自己。

在英国留学的死党丹丹给苏眉发了邮件，内容是她和洋鬼子男友在伦敦拍下的整整二百五十四兆的玉照，几乎让苏眉的信箱瘫痪。她一张一张地仔细看了，然后想起丹丹在信里的话："有男人追吧？发照片过来给爷过目。"

关掉电脑，拎包出门撞上值班的林城，他穿着卡其色工装，正点头哈腰地向一位老太太解释为什么电路会跳闸。苏眉轻轻一笑，低头走过去。人有时候就是找抽型动物，再多的不应该不适合不理智，都说服不了真心的喜欢。

走出去后苏眉想了想，站在小区门口给林城发了条短信："下班我们去海上世界拍照玩。"他很快回复："好。"她想，就算这次做错了，也只是害怕错过而已。

定了雨花的位置吃牛排，林城是穿着便装来的，老老实实地坐在沙发上不跷腿不抽烟。接下来，他撕开一包黄油放进水杯里。苏眉目瞪口呆，连忙解释："这个是抹面包的。"林城有点儿不好意思，嘿嘿地傻笑，脸涨得通红："我以为是糖。"苏眉微微一笑，轻易就捕捉到旁边侍应生眼中转瞬即逝的嘲讽。

她想这没什么的，他只是还不适应这种生活。她下定决心喜欢这个男生，就要有耐心等他改变。拍照的时候，林城不知道如何摆姿势，站在苏眉的身边，叉着腰模仿毛主席挂像里的造型。

后来的照片，苏眉反复挑选很久，最后只要了一张。林城的双手垂直放在双腿两侧，好像是农村干部，而背景就是海上世界那艘巨大的白色船舰。附件有了，正文却不知道该写什么。难道她要写：这只北极熊是我男友，以后都不愁没人换灯泡了？

My coy

　　临近春节，这座城市开始渐渐变得冷清了。街道上来来往往的人，大部分都拎着远行的箱包，奔赴另一个地方。他们手牵着手走在街上，附近可颂坊的橱窗里扑来阵阵迷醉的香气。林城突然转过脸说："春节跟我回家吧？"

　　"啊？"她还没反应过来。

　　"春节回家，见见我妈还有我哥。"他说得很有诚意。

　　她"哦"了一声，低头说："不一定有时间，可能加班。"

　　"我妈想见见我媳妇儿。"

　　苏眉脸红了，别过去回一句："谁是你媳妇儿。"说得若有似无。

　　她又突然惊恐了，急急忙忙地打车回家，删除了还没来得及发出的邮件。他们不可能有结果，她还是没有足够的勇气和准备将这段差距甚大的恋情进行到底。苏眉好像被人狠狠扇了记耳光，然后清醒了。

　　分开照例是无须明说，沉静下来的不联络已经可以说明一切。

　　林城还是物业管理的小电工，每天背着工具箱满楼乱串，没事的时候就抱着胳膊和保安在楼下看肥皂剧。苏眉还是外表光鲜的小白领，咬牙供着一套人气低迷的单身公寓，有时候喝得烂醉跌跌撞撞地回家。远远望见站在大门口的林城，她会停留一下，保持住身体的平衡再若无其事地走过去。

　　无论什么停止，时光永远不会。人终究是要往前走的，苏眉确定自己是这样想。所以她不过问林城身边那个一起看电视的小保姆是谁，他也不会管她是如何在大冬天穿得像赛车女郎一样跑出去寻欢。

　　那天在家里煲汤，切下半块他送的腊肉，混着墨鱼和猪骨慢慢地熬。她捧着脸等在一边，想起他拎腊肉过来时的样子，腼腆矜持得好像只初入尘世的北极熊。那样子她真的是喜欢，深入肺腑。

　　她想，他是住在北极的北极熊，而自己的世界却在星球的另一端。没人能只因喜欢一个人就去跨越一颗星球的距离。

　　直到林城收拾行李要回家过春节，他拖着红蓝相间的麻袋在小区的碎石路上吭哧吭哧地往前走，撞上了圣诞树一样的夜行女王苏眉。避无可避，两人只好在夜色中默默对望。最后林城说："我要回家了。"

　　苏眉轻轻点头。

　　林城想了想又说："我哥在那边包了地种桑树，缺人手，所以我不一定会回来。"

　　苏眉又点了点头。他走过来扶住她的肩膀，叮嘱她："你以后少喝点酒。"

　　苏眉拼命点头。

　　那天晚上，苏眉跟在林城身后走出小区大门。有风吹过，林城脱下藏蓝色的外套披在她光洁的肩膀上。然后车来了，他吃力地举起行李挤上去。等他回过头，车门已经在他面前关闭，然后车子缓缓离开。

至少他们在光影下，看到了彼此的失散。

苏眉披着外套往回走，远远地见到小保姆穿着肥大的棉袄藏在树荫下，双眼通红。她朝她笑了笑，走开了，但是鞋跟太高，步履蹒跚，像极了吃了太多的企鹅。小区里有人在大声放着音响，她停下来听了很久，耳朵里渐渐清晰的是那句歌词。

"吻下来豁出去，这吻别似覆水，再来也许要天上团聚，再回头你不许，如曾经不登对，你何以双眼好像流泪……"

华强北地铁，再等一轮春风过境

罗雅西穿着金色的高跟鞋，绿色的裙子，梳着金色的头发，像一棵圣诞树一样站在华强北的地铁站出口。就在昨天，她算是正式进入了娱乐圈，在一家文化公司做外景主持人。

你一定有看过这种装疯卖傻的节目：主持人隐藏在街头，扮演成各种各样的角色，整蛊不明真相的路人，比如突然抱住路人的布偶、女扮男装的色狼……

当男人穿着深圳地铁的制服，捏着电话走过来时，她咬咬牙，以一种羊癫疯的姿势倒了下去。

节目放出来那天，罗雅西穿着印着深圳地铁标志的衬衫光着腿，躺在牛阿荣一米二宽的床垫上看电视。十四寸的电视放出牛阿荣当时的样子，他扑过来，拿着一只颠倒八卦乾坤的手套往女人嘴里塞。镜头给了他一个特写，鼻子很直还有一块小小的疤痕。罗雅西想起在内地当神婆的奶奶的话："鼻子上有疤的人，是很会招桃花的。这种男人哪怕是酒囊饭袋，都会有大把的女人喜欢。"

奶奶说得对，做完那次外景后，她去找了他很多次。2008 年夏天，每天下班她都步行半个小时，到华强北的地铁站找牛阿荣。售票机只接受五元以下的纸币，她就拿着钱找他换零钞，然后再坐地铁去南山，换乘公车回到宝安。

后来干脆就在地铁站等他下班，跟在男人的身后要一起去吃饭。牛阿荣不是那种容易受宠若惊的男人，他穿着宝蓝色的制服，站在灯火通明的地铁通道里，回望她的眼睛，很冷静地问："你到底想干什么？"

罗雅西挺了挺胸脯，一字一句地说："我喜欢你。"

人群中有玩滑板的孩子疯疯癫癫地要撞过来，男人上前拉了她一把。路灯映照出两个人的影子，粘在一起像极了在拥抱。

罗雅西说完喜欢牛阿荣后，两个人就在地铁站的小饭店吃了碗桂林米粉，然后手牵着手去逛街。

但，牛阿荣就像是言情小说看多了一样，他会说："我不适合你。"他也会说："除了快乐我给不了你别的什么。"罗雅西装耳聋，她把自己的博客连接到他的 QQ 空间，学着韩剧里的女主角叫心爱的男人"大叔"，周末去超市买墨鱼和龙骨煲汤带到地铁站给他喝。

罗雅西工作的公司不大，老板是个五十岁出头的香港胖子。从电影学院毕业后，她在北影厂门口和全国各地的群众演员一起蹲了三天，和胖子老板吃了顿饭，就拿下了主持人的合约，所以在拿捏男人心事这件事上，她觉得自己是很有天赋的。

再次见到牛阿荣，是在十一月周华健的深圳演唱会上。她穿着露大半个肩膀的针织裙，挽着胖子老板的胳膊坐在 VIP 席位上。身后就是深圳地铁的员工区，牛阿荣穿着件黑色的衣服，旁边偎依着一个大约一百八十斤的胖女人。

台上华健大哥在唱："亲亲我的宝贝……"台下死胖子的手不老实，摸上了她的肩膀。罗雅西回过头看了身后一眼，大约一百八十斤的胖女人正在花痴地尖叫，旁边坐着帮忙剥橘子的牛阿荣。

中途牛阿荣去洗手间，她偷偷跟了出去，将他堵在了过道上。

牛阿荣说："丫头，你别再闹。"

她冲上去，疯狂地吻住了他的嘴。男人只稍微抵抗了一下便拥抱上来。十分钟后，两个人若无其事地回到座位。罗雅西是个聪明的女人，她不会问那个大约一百八十斤的胖女人是谁。男人抚摸她的时候，无名指上的戒指划疼了她的脸。

My cog

　　演唱会结束时，她打开胖子老板的奥迪车门，男人就站在不远的地方看着，她也没再回头看他一眼。

　　演唱会后，罗雅西就过完了二十四岁生日。过了二十四岁的女星，章子怡已经混好莱坞了，胡静也嫁给豪门了，最不济的孙俪也成天后了，而她却不知道自己的前途在哪里。

　　倒是公司的胖子老板异常宠爱她，给了她拍广告的机会。罗雅西站在镜头里用手比出个"OK"的姿势，念着台词："特价机票哪里有，特价机票找××。"于是全深圳的人民都在公交车上看到了她的脸。罗雅西想，这样也好啊。如果广告能放在地铁里，那么牛阿荣估计一辈子都忘不了她了。

　　牛阿荣有没有看到广告，罗雅西不知道。他给她电话那天，她正在酒吧，露着白花花的大腿和一群男人周旋。

　　他满脸通红地一把将她拉过来说："丫头，你想怎样？"

　　她笑嘻嘻地攀上他的肩膀，满嘴的烟味喷在他脸上，说："想要你啊。"

　　是的，他是一家地铁公司的小员工，没钱，住公司宿舍，还有个营养过剩的老婆，可那又如何？她就是喜欢他，没有任何理由，毫无尊严地喜欢。

大约一百八十斤的胖女人找上门来的那天，罗雅西正在公司楼下的指甲店做护理，养尊处优地躺在沙发上，手和脚都泡着牛奶。大约一百八十斤的胖女人过来，扬手一记耳光扇得她半天都回不过神："小贱货，和我抢阿荣？你好好掂量一下自己吧。"

胖女人有些憔悴了，但依然掩盖不住周身的富态，一双眼睛凶神恶煞地盯着罗雅西看，像是她抢走了自己什么东西一样。

一个年轻的男人和一个富态的女人，但凡看过网易新闻的人都能知道这是个什么样故事。

但是牛阿荣却说是自己欠了她的，他们是一个村里的老乡。她以前在工厂做女工，二十个小时不休息地赚钱，为了供他念大学，还偷偷卖过很多次血。他们在老家已经订过婚了，也过了彩礼。

说这件事时，他们正在牛阿荣宿舍的床上滚床单。罗雅西的心一下就冷了，翻身推开男人，一根接一根地抽烟。男人拥抱过来，她推开，再拥抱，再推开。在光影下，像是一场默剧，没有对白也没有表情，只是用最后的倔强在恶狠狠地对峙。

最后一刻，罗雅西终于"哇"的一声哭了。再刻骨铭心的爱，褪去了光环也不过是：当我想你的时候，你也刚好寂寞。这些她心里清楚。

牛阿荣被人揍了，家里的那个肥婆把他揍得鼻青脸肿，左眼圈还黑了。他喝得醉醺醺的，从福田跑到宝安，跑来见罗雅西，半夜四点敲她的门说："我和她分手了。"

罗雅西的心使劲疼着，牛阿荣身上的那些伤就好像全落在自己身上一样。她用微波炉给男人热了一碗老鸭汤，自从他说自己喜欢喝这种汤后，罗雅西一有时间就煲。用电热的砂锅煲上一天，一直放在那里，直到汤坏掉。

他们在一起住了下来，白天手拉着手坐公车去福田上班，晚上抱在一起看电视。那个胖女人来电话时，男人会小心翼翼地躲到阳台上去接电话，回头就唉声叹气。可她那么爱他，怎么能容许他和那个胖女人还有联系？于是就变得有些歇斯底里了，趁牛阿荣去洗澡时偷偷翻他的手机，一遍又一遍地在他 QQ 空间留言叫他"老公"，然后在两个人用的避孕套上戳出几个小孔。

她觉得，哪怕全世界都不要她了，只要他在，都是值得的。

但是，那个胖女人破产的消息却是男人带回来的。

胖女人 1999 年来深圳时是在制衣厂流水线做工的，后来跑销售渠道。这样低门槛的行业，稍微聪明点的人都会另立门户再开一家。胖女人那家厂子有三十名工人，专门向关外工厂拿订单做制服。十一月底，金融危机席卷全球，她的工厂倒闭，欠了一大笔钱，制衣厂也跟着没了。

牛阿荣说这话时，罗雅西正对着电脑玩征途。她的级别已经很高了，去山寨四层打BOSS，那些怪物被她追杀得"哇哇"直叫。一个小时后，她才想起男人的话。回过头，漫不经心地问："那你打算怎么办啊？"

男人走的时候，没有任何预兆。他关掉了手机，QQ也再没有上过线。罗雅西疯了一样地去华强北地铁站找人，岗亭里却换了个眉清目秀的姑娘。他们说牛阿荣请了长假，一提起他就摇头叹息："运气不好啊，女朋友破产要回家创业，他也跟着回甘肃去了。"

罗雅西坐在华强北的地铁站口，抱住双腿，慢慢地哭了。

2009年1月，回到深圳的牛阿荣在医院找到了罗雅西。她躺在雪白的病床上，小腿包着石膏，脸上的伤疤还没有消肿。她不想理他，拿着枕头往他身上砸，让他离自己远一点。他不走，她就哭，咬得他遍体鳞伤，像只受伤的小兽。

牛阿荣死死地看了她一会儿，跑到走廊外的阳台上抽了根烟。

他断了和罗雅西的联系，原本是打算回甘肃结婚，但去民政局的时候，他反悔了。逆着两边老人的意，退掉了嫁妆，又把这些年所有的积蓄都掏出来为前女友开了一家时装店。他说："就当是我欠你的，我现在还不完，但以后一定还完。"然后连春节都没过，就急急忙忙地买票往回赶。

自从跟牛阿荣在一起后，罗雅西渐渐在老板那儿失宠，又被发配回去做助理主持。她站在繁华的华强北街口，穿着吊带网袜高跟鞋，含了口番茄汁吐到人家身上。男人的鼻子上有块疤痕，穿着西装，恶狠狠地推了她一把，朝她吼："滚。"然后她就真的沿着地铁入口的阶梯滚了下去。

医生说她是粉碎性骨折，以后能站起来好好走路的可能性很小。同时丢掉的，还有他们未足三个月的孩子。

2009 年春节，牛阿荣穿着宝蓝色的制服上班下班，地铁过道沿途的商店，总是有几名打扮得好像圣诞树一样的女孩子，抱着胳膊招揽生意。他只扫一眼，就匆匆走过去。

他很忙，忙着上班存钱，忙着下班去医院守候那个口口声声说不再爱他的女人。深圳地铁每天发车两百多次，错过了等五分钟就能重新启程，但有的爱，错过一次后，就如同春风过境，需要十倍的努力去等待下一个轮回。

他正在努力。

看，当时的月亮

2007 年的冬天，老纪失业了。他以前在深圳一家地产公司做项目经理，专门欺骗善良的人民群众买高价房。房价一跌，房子卖不动就开始卖艺。

唐宝珠拿完薪水就会去老纪卖艺的酒吧消遣。有一次，她很江湖地和旁边一个四眼儿男喝酒、玩台球，挤眉弄眼，互相吃豆腐。老纪抱着吉他心平气和地在台上表演，等到凌晨一点的时候，他走下来，很有礼貌地朝四眼儿男点点头说："我可以带我女朋友离开吗？"剩下四眼儿男抱着一瓶嘉士伯自己灌自己。

那天走在路上，老纪说："你能不能去个正经的地方玩？"唐宝珠看着老纪刚剃过头发的脑袋在路灯下好像月球一样在反光，她说："那你先换份正经的工作。"

　　自从老纪做了沧桑的酒吧歌手后，他们的恋爱就谈得越发艰难。有时候唐宝珠下班刚在门口脱鞋就遇见在门口穿鞋上班的老纪。然后她点点头说："我下班了。"他也点点头，回她："我上班了。"

　　爱情都是不靠谱的，像老纪这种生活缺乏自理能力的歌手就更不靠谱了。她只是想守住他。

　　谈恋爱的第四年，吵架好像成了一种表达的习惯。等两个人吵完了，就蹲在沙发前面看深圳卫视的《饭没了秀》，被强子和一群小屁孩儿逗得死去活来的。

　　但这并不是唐宝珠当初向往的爱情。

　　大学那会儿，她看金庸的武侠小说看多了，总觉得自己以后找的男人不是过儿就是靖儿。2002年，老纪光着头穿着一件很新潮的T恤站在楼下，深情款款地唱梅艳芳的《亲密爱人》，唐宝珠就在楼上感动得稀里哗啦的，好像演偶像剧一样把一袋心相印纸巾全扯完了。那个时候他们是很相爱的，周末出去逛街，商场里正在组织接吻大赛，老纪就抱着过完春节长肥了五斤的唐宝珠在风里亲了足足五个小时，差点引发心肌梗死。

　　转眼毕业，唐宝珠拎着箱子就跟着老纪到了深圳。那已经是2004

年的冬天，在北京裹着羽绒服走在路上都会被冻成电线杆，深圳还到处都是光着腿穿薄裙子的姑娘。走出火车站，她热得要命，老纪来接她，一边拎包一边跟在身后，孙子一样地替她扇扇子。

租的房子是上沙农民村的一间单间，只够摆一个衣柜和一张床垫。男人够细心，用箱子搭出了一个梳妆台，摆放唐宝珠旅行箱里那些廉价的瓶瓶罐罐。那天晚上，两个人手牵着手，从上沙徒步到红树林散步，在海边看不到月亮，老纪就指着自己的脑袋说："看，这里不是月亮吗？"

唐宝珠想，杨过和郭靖剃光了头，也许就是这个样子吧？

但杨过和郭靖用来摆造型还可以。2009年唐宝珠患肠炎的时候，他们和老纪都派不上用场了。

那天晚上，她记得自己总共跑了五次厕所，吐得天昏地暗。老纪的电话永远都在关机，酒吧是不允许歌手在工作期间开机的。唐宝珠捧着笔记本在床上待着，心里突然很悲愤。刚来深圳第一年，老纪就割了阑尾。那时候自己多贤惠啊，打车跑去"真功夫"叫了一桌子的鸡汤鸭汤猪骨汤，拜神一样地放在病床的小桌子上，吓得来查房的小护士发飙："他刚做完手术，两天内不准吃东西！"

　　人来到这个世界上，不就是为了对社会对人做点贡献吗？但唐宝珠不甘心啊，捏着手机就把编给老纪的短信群发了出去。第一个回信息的是隔壁公司的程序员，那孩子比唐宝珠足足小了三岁，人小鬼大地送过唐宝珠玫瑰，也请她吃过饭。在开心网里玩买卖奴隶，来来回回买了唐宝珠的奴隶足足六十多次，以至于她现在是朋友中身价最高的那一个。

　　程序员赶过来的时候，已是夜里十点，拎着的环保袋里是生姜、药丸和可乐。喂过药后，小男生给唐宝珠煲了姜汁可乐。端着碗贴过来说："喝完好好休息，我陪你。"凌晨一点，差点儿被非礼的唐宝珠裹着毛毯从家里跑了出来，在街头站了半小时后，终于打到车跑到老纪的酒吧。老纪已经下班，就在酒吧大门旁的通宵茶馆打麻将。他玩得很开心，丝毫没发觉唐宝珠就眼巴巴地站在路边看了他好久。看他叼着烟爆粗口，看他伸出手和一个头型貌似熊猫的非主流女人调情。

　　唐宝珠又裹着毛毯徒步走回去，路过 7-11 便利店，她觉得有点饿，跑进去给自己买了一瓶酸奶，然后就被送进了医院。第二天在医院，躺在床上上吐下拉严重脱水的唐宝珠几乎是奄奄一息地指着老纪的鼻子说："滚，我们真的分手了。"男人手里提着一盒冰凉的日本寿司，低着头沉默了半天，终于说："好。"

　　老纪走的那天，唐宝珠头也没回地去上班。下班回到家，她冲进洗手间，史努比牙刷架上，只剩下一支粉红色的 ORA 软毛牙刷。

其实他们曾经有过无数次这样盛大的分手。彼此破釜沉舟，言辞激烈地站在街头争吵，指责对方的不是，最后又泪流满面不顾一切地拥抱到一起。唐宝珠想，他们的生活就好像被黏在彼此手心的鸽子，又似被反复吟唱的歌，一切总是会重新开始的。

春节前，公司包下了老纪工作的那家酒吧开年会。舞台上面无表情的光头乐手在拉喜洋洋，台下唐宝珠拧着一瓶白占边。有人把酒洒在了木地板上，她喝得有点多，穿着巨高的鞋，端着杯子晃悠悠地走过去，一个趔趄就四仰八叉地躺在了老纪的脚下。

那一刻，唐宝珠很想把自己凌迟处死算了。她甚至不顾一切地期望，也许老纪就这么过来了，满脸心疼地扶起她，然后他们重归于好。可是他没有过来，只低下头冷冷地看她像烂泥一样被人拉到椅子上。

旁边有人在玩"谁是美女谁喝酒"的游戏，有人狂喊唐宝珠的名字。她看了他最后一眼，接过杯子却被旁边的小程序员抢了过去。

苦涩的酒，被人酿出来终究是会被另一个人喝下。

2009 年的元宵节，有人说那天晚上会出现五十六年以来最大最圆的月亮，所以唐宝珠跟着程序员去了锦绣中华，挤在人群中看花灯。

路边不停地有人在拍照留念，他们拖拖拉拉，走几步就必须停下来看陌生人站在灯影下摆 Pose（姿势）。唐宝珠心烦意乱地抱怨："这么闹的地方，怎么能好好看月亮。"转过头，程序员像是没有听到她的话一样，冲进人群中用红布蒙着眼睛，兴高采烈地摸墙壁上的"福"字。最后还有人出来给了他一只可以发光的牛角，他戴在头上到处乱窜。唐宝珠摇摇头，终究是小自己三岁的男人。

他们在湖边坐了下来，天气那么好，月亮就挂在头顶，清晰却遥远。小程序员跑去很远的地方买来两瓶水，指着天上说："看，月亮不是在那儿吗？"

唐宝珠点点头，然后别过脸，哭了。

如果你看透我在墙上的涂鸦

　　苏贝贝恨 2003 年在深圳的自己。

　　那是怎样一段可耻的年华，头发是染得枯黄的玉米烫，大大的眼睛上是被剃得好像蝌蚪似的眉毛，眼影永远是不朽的翠绿色。

　　她在堂姐的小快餐店里打工，并且学会了抽烟。不上班的时候，苏贝贝就叼着根便宜的白沙烟。因为工作的时候是不能抽烟的，工作时她只可以围着难看的绿色围裙，捧着个小本子跑到每一位客人的面前，笑盈盈地说："老板，你想吃点儿什么？我们的特色菜是麻辣小龙虾。"

　　做这些事情，苏贝贝是很有经验的，时间长了通常她一眼就能判断谁会支支吾吾地点醋熘白菜、酸辣土豆丝，谁会很豪气地挥挥手点上两三斤昂贵的麻辣小龙虾。唯独黄蓝风，当他第一次穿着蓝色的工装进来吃饭时，他用他油迹斑斑的袖口蹭了蹭鼻子，暴发户似的对她说："小姐，给我整两斤没辣椒的小龙虾。"

一开始，她认为他简直是在无理取闹，麻辣小龙虾你可以不加葱，不加生姜，甚至可以不加酱油，但是你怎么可以亵渎这么经典的美食，不加辣椒？

苏贝贝鄙视工人阶级兄弟黄蓝风。

可是后来她渐渐熟悉他了。

黄蓝风是小饭店附近工厂的工人，每天的工作就是把MP3上的某两根电线焊接在一起，然后丢给下一组流水线的兄弟。他们生产出来的MP3会被贴上名牌标签，送到深圳的每一处电子产品集散地，贴上廉价的标签，卖给所有贫穷却又追赶时髦的深圳劳务工。

月初黄蓝风会豪爽地点一次没辣椒的麻辣小龙虾，笃定是口袋里装着一个月的薪水，再之后就是没辣椒的土豆丝，没辣椒的鱼香茄子，五花八门的素菜轮番吃到月底。以至于每当黄蓝风踏进小饭馆，苏贝贝一抬眼皮就擅自做主帮他报上菜名："厨房，来个没辣椒的麻婆豆腐饭。"

每一次，黄蓝风都毫无意见，老老实实地把饭吃个精光。苏贝贝和顾客友好的交流，在堂姐苏敏那里却是另一层意思。她将苏贝贝拉到快餐店的厨房，语重心长地说："你还小，这种没前途的打工仔不适合你。"

苏贝贝甩开堂姐的手，眼睛望着地上一堆被削掉了皮光秃秃的红薯说："你乱说什么呢？根本没那回事。"

她和他之间，只是从商业关系升华而来的友情。可是在 2003 年，芳龄十八只有高中学历的苏贝贝，智商和情商都不足以强大到能理解男女之间的爱情，其实就是友情进化而来的。

不可否认的是，无论那时的苏贝贝打扮得怎样俗不可耐、没有内涵，男人都能从苏贝贝五光十色的妆容里挖掘出她的美丽。

那是苏贝贝平生第一次遭受到非礼，那个长相猥琐的怪大叔用自己粗厚的大手一把拍到她的屁股上，就像在拍一只苍蝇。

没有什么经验的苏贝贝"哇"的一声就哭了。透过朦胧的泪眼，她看见工人阶级兄弟黄蓝风拍案而起，扑向怪大叔，然后两个人扭打成一团。

所谓的爱情，就是这样开始的。

黄蓝风依旧来吃饭，在堂姐苏敏的注视下若无其事地吃东西，抹抹嘴离开。然后他会走到街头拐角的一家小网吧玩劲舞团，等苏贝贝收工后溜出来约会。

没有玫瑰和烛光晚餐，通常是两个人用一台电脑玩游戏。累的时候，就手指勾着手指放风似的在附近商业区明亮的玻璃橱柜前遛腿儿。苏贝贝中意着其中一间橱柜里的婚纱，蓬松的雪白，撒着金粉，似云雾一样地飘在那里，遥不可及。黄蓝风一把搂住她的肩膀，声音极低，在苏贝贝耳边流转："等我有钱了，用这件婚纱娶你，好不好？"

　　每天千篇一律地遛腿儿，生活未免是单调的。善于挖掘的黄蓝风喜欢上了商业区外墙上那些诡异的涂鸦，每一次经过那里，他都使劲仰头想要多看一眼，他说："你看，那幅画好好看，就是看不明白画的到底是什么。"

　　苏贝贝咧嘴一笑："你想学不？很简单的。"她拉着黄蓝风跑进附近的文具店，买了好多水粉、画笔和白纸。

　　于是他们的生活中又多了一件事，在苏贝贝狭小的卧室里，就着台灯涂鸦。不得不承认，黄蓝风是没有艺术细胞的。一开始他想画只小狗，结果画成了大象，最后干脆加上两只翅膀，变成了鸟人。苏贝贝却是很惊喜，无论是怎样落笔，她画出来的图案都不可思议地充满了艺术风格。

　　黄蓝风说："你简直是天才啊！"苏贝贝得意扬扬地邀功："我可是学了七年的油画，你以为画得不错是天生的吗……"苏贝贝忘乎所以，忘记了黄蓝风的存在，忽略了黄蓝风脸上复杂疑惑的表情。

　　贫瘠的生活和张扬的青春，苏贝贝想，有什么能够比这样纯粹的爱情更值得去忠诚。她甚至认为也许春节，就可以带着黄蓝风回家，见见自己势利的父亲。

　　可是忠诚，并非是两个人的事。

　　春节，黄蓝风被那家生产冒牌 MP3 的工厂留下来加班。半个月后，当苏贝贝回到小饭店时，却发现街头多出了一个卖盗版碟的小姑娘。小姑娘很漂亮，黑黑的头发，没有化妆。如果她不总是把唾沫沾在手指上数钱，就会显得更清纯。而黄蓝风跟小狗似的团在那一摊花花绿绿的盗版碟后，给所有路过的人吆喝："新到的美国片《反恐 24 小时》，老板来一张吧，一张才五元钱。"

　　苏贝贝怒气冲冲地跑过去说："老板，要《哈利波特》的，全套。"黄蓝风的脸一下就红了，跟猴子屁股似的，低下头慌忙地在纸箱里乱翻。苏贝贝忍住眼泪，用两张皱巴巴的纸币换来一张盗版 DVD，然后风一样地离开。比起男人畏畏缩缩的沉默，她更希望他能够站出来告诉她，一切都只是误会，那个小乡下妹只是他的同乡，刚来深圳找事做。

　　可是，黄蓝风什么都没有说。

　　失恋后的苏贝贝还是和往常一样，围着绿色的裙子，顶着一张五光十色的脸，询问所有的客人："老板，你想吃点什么？我们的特色菜是麻辣小龙虾。"只是习惯性地，她偶尔会把要求加辣的菜听成不加辣的，然后在客人的怒斥下，一脸歉意地跟在堂姐身后道歉。

至于黄蓝风，他已经不再来小饭店点不加辣椒的麻辣小龙虾了。唯一见过一次，是他推着卖盗版碟的三轮车，一阵子风似的从饭店门前跑过去，他身后跟着夫唱妇随气喘吁吁的小姑娘，再后面是一群愤怒的、拿着武器的城管同志。

当时饭店没有什么生意。苏贝贝就靠在玻璃门前，点燃一根白沙烟，在阳光普照的下午，眼睁睁地看着她爱的男人，是那么富有浪漫色彩地路过她的生活。

痛苦的时候，自虐是每个人都会有的倾向。苏贝贝知道自己不想死，她只不过想发泄一下痛苦，只是下手狠了点儿。当堂姐苏敏在放蔬菜的后院发现她时，她的血流了一地。

理所当然的，她被挂上了自杀的牌子，这是多么让人感到羞愧的事啊！黄蓝风提着一大袋葡萄来看她的时候，她很不好意思，就把脸藏在满是消毒药水味道的被子里。

她听见他坐在一边，给她的杯子续满了开水，又向邻床的病人讨了只大碗，将葡萄一粒一粒洗干净，放在床头。然后他说："我走了。"

那一刻，苏贝贝藏在被子下，忍住眼泪，世界天翻地覆地崩溃掉。

那是她最后一次见到黄蓝风。

很快，在老家开工厂、投资房地产的单身父亲就赶到了深圳，将这个叛逆的女儿接了回去。

回去后，她头发拉得很直，染回了黑色，没有化妆，就和所有一尘不染的学生一样，每天捧着书本安静地从校园里经过。

一年后，父亲决定送她出国留学。和所有家庭富裕的孩子一样，苏贝贝坐上了去澳洲的飞机，攻读罗马艺术史。

大学毕业那年，苏贝贝遇见了现在的男友，在一家外资公司工作的英国小伙子，收入算上等，应对小康生活绰绰有余。关键是他对她说："我是个传统的男人，和你在一起就是为了结婚，要不为什么谈恋爱？"他为苏贝贝买了一枚小小的钻石戒指，零点五克拉的钻石好像晨曦的初露在无名指上莹莹发亮。

2008年1月，苏贝贝踏上了回乡的路。从香港辗转到深圳，然后被堵在了南方的冰天雪地中。

她决定去看望堂姐苏敏，她的小饭馆已经开成了五家连锁快餐店。见到学成归来的苏贝贝，她开着丰田车招呼她去海鲜城吃饭。"那会儿，哪里会料到你居然能考上硕士，还能当留学生啊。"苏敏骄傲地看着她说，"那个姓黄的离开你，是对的。当时他还来找我，我把他数落了一番，那个狼狈样儿啊，哎……"

　　记忆仿佛是被丢进了石块的深潭，惊起了千层波澜后，翻天覆地地席卷而来。

　　夜沉下来时，苏贝贝开车独自上路。那条工业街依然繁华，可是多出了很多卖盗版碟的摊子。车子缓缓从街头路过，她打开车窗，张望着，企图在热闹的人群中间找到他的影子。

　　调头，却不小心碰翻了一个摊子，五花八门的 DVD 哗啦啦地倒在地上。摊主怒气冲冲地上来，破口大骂：“有车了不起吗？你别走，弄坏了东西你得赔。”

　　他老了，裹着灰旧的大衣，面容苍白，双鬓微白。

　　他已经不认得她，只骂骂咧咧地绕到车前去抄她的车牌号码。在他点算完损失后，苏贝贝淡淡一笑：“对不起，你的损失我全赔，然后我还要一套《哈利波特》。”

　　2008 年深圳的春节，苏贝贝穿着灰色的大衣，黑色的长发在脑后绾了一个小发髻，开着车从清冷的滨河大道上经过。电台里每一档节目都在轮流播放“请大家不要回家，留在深圳过年”的广告。从车窗望出去，天空好像是一方深潭，深不可测，望不见一颗星星。

　　然后，她哭了。

小强

2004 年，我和大萧好像蛤蟆一样背对着背，撅着屁股聊 QQ。

其实干我们这种职业的，都是些牛鬼蛇神没心没肺的人，每天挨骂那是常有的事。大多数时候，当被骗的人在电脑那端以"国骂（一个国家通用的侮辱他人人格的话）"开始，以"骗子"结束时，我就坐在电脑这边不知廉耻地大笑。

我的 QQ 名字叫"腾讯客服 daisy"，每天要做的就是不停地按"Ctrl+V"粘贴在 Word 文档里的话，然后发给每一个看起来单纯无知的孩子："腾讯公司 N 周年活动，您的 QQ 号被抽中三等奖，请联系本客服领取三等奖奖品神州笔记本电脑一台。"

虽然大萧说过的，一千个人里总会有一头猪。但在这座马路上随便走一圈都要烧钱的城市，daisy 小姐依靠"Ctrl+V"换来的钱仅够租五百块钱一个月的农民房、吃楼下五块钱一盒的湘菜便当。而且自从腾讯在每一个聊天窗口下都加上"请勿轻信中奖消息"后，她的生意就变得越发艰难。

但是我不害怕，因为我有大萧。

一连几周开不了张的时候，我们被房东赶了出来。在深圳黄昏的阴霾里，我们蹲在路边的花坛上抽烟，屁股后面是我们谋生的电脑和王菲最爱用的蓝红条编织袋。

大萧把最后一根烟留给我，自己抽"烟屁股"。最后他猛吸几口，抓抓染成黄色的头发，很负责地对我说："你放心，你是我女朋友，我一定会养你。"我很感动地点点头。

那时候他想给我的东西很多，南山后海的小高层，卓越上八百元一瓶的眼霜，中信里五千元一副的 Dior 黑超。他沉醉在未来的辉煌中自鸣得意，忘记了自己的微不足道，同时也不会知道：在 2004 年夏天，我唯一想要的只是一间没有蟑螂的小房子，有床有厨房，还有我们的爱情。

穷疯了的时候，我们终于决定出去找工作。

我们去了人才市场，被人挑猪一样地点人头，点到的拎上包就能进厂开工，工资不高但却管吃管住。几天后，大萧发现进工厂做流水线工人会浪费他的智商，他满腹抱怨，鄙夷不屑地把一周的薪水甩到刻薄的值班组长脸上，转头就上街买了把水果刀。

临走前，他抽着烟，捏捏我的脸蛋儿说："老婆，照顾好你自己，我会来接你，让你过好日子。"

一连好多天都见不到他，我也的确不知道他在做什么。当我快要打110报案的时候，他意气风发地来了。头发做成据说是价值五百块大洋的鸡窝造型，西裤裤兜里藏着一大把钱。

大萧一张一张地数钞票给我，得意扬扬地说："看吧，我就说我能养活你。想买什么衣服多买些。"

那叠粉红色的钞票我数了又数，整整二十张，相当于我两个月的工资。我突然感到害怕，却不想去了解他做了什么。毕竟在这座冷漠繁华的城市，我唯一能依靠的，就是把我当成对象的大萧，不离不弃的大萧。

所以当大萧第 N 次提出要我辞职跟他干的时候，我拎着包毫不犹豫地投奔了我的爱情。

第一次开工，在午夜三点。我们躲在农民村肮脏的小巷里似潜伏在夜色中的豹子，伺机而动。晚上出来混的人，如果不是土匪，剩下的就是晃晃水果刀都会把人吓尿裤子的流氓。当一沓沓钞票被放进大萧的口袋里时，我只负责在巷口的路灯下望风，麻木的表情下是一颗快要蹦出来的心。

那一刻，我终于发觉之前假扮"腾讯客服 daisy"的生涯，根本不值得一提。

收入渐渐好了起来。我们从农民村搬进了后海租金昂贵的小高层，大萧买了很多东西给我，最好的衣服和最好的化妆品，他甚至打算送我去考驾照，然后买辆小 QQ 给我开。他很开心，每天晚上一定要喝两瓶金威，喝高了就醉醺醺地骂着："老子就晓得钱是一个好东西，要什么有什么。你跟我混，这辈子是跟对人了！"

我看着他，觉得他不再是很久以前的那个大萧。他整天酗酒、骂人，不出去干活儿的时候就玩网络游戏，狂热地信仰有钱就是爷的道理。和他在一起日子就好像失控的火车，不知道什么时候就会脱轨，如果可以，我宁愿回去当"腾讯客服 daisy"，至少那时的我们只是在利用人们内心的欲望，小心翼翼地生活。

那几天，大萧好像看出了我的害怕，朝我肆无忌惮地笑，亲亲我的脸说："老婆，被吓成这样了，怎么跟我混啊？"我惶恐，揪着他的衣服哀求："我们的钱也差不多够了，你不是说想回老家复读高三吗？伤天害理的事做多了，你不怕会遭天谴吗？"男人冷冷地看着我，挥手，一记响亮的耳光落在我的脸上，脸颊火辣辣地疼。他破口大骂："孬种，只晓得花钱不知道赚。乌鸦嘴，丧门星！"

我没有落泪，只安静地看着这个金发男人。

那一年，我蹲在学校门口抽烟，他走过来，很勇猛地对我说："你做我女朋友好吗？我喜欢你，我会保护你。"

我相信一句针对青春期女生的话：男人不坏女人不爱。所以即使大萧不再是我熟悉的那个人，我依然爱他。

生日那天，大萧带我出去吃饭。我们去了世界之窗的威尼斯酒店吃海鲜，餐厅的装修、服务和价格都很贵族化，而我们却吃得好像两个刚进城的土包子。最后一道椰奶雪蛤端上桌子时，一个眼睛下贴满亮片的非主流姑娘走过来，抱住大萧旁若无人地狠狠亲了他一口，嘴里大叫："老公，我好想你呀。"大萧脸色一白，哼哼唧唧地应付那个女人，直到女人离开时，他才心虚地说："是游戏里瞎认的朋友。"我没有说话，雪蛤和椰奶混在一起的时候，就只有椰奶的味道了。一口口吞下去，嘴里酸酸的，酸到心都在发慌。

回到家大萧像没事人一般，背对着我撅起好像蛤蟆一样的屁股玩劲舞团。一个衣服卖得比现实中还要贵、只要有钱就可以妻妾成群的游戏。那里的女人很酷很天真，打字用你永远都看不懂的火星文，拍照会嘟着嘴装可爱然后用 PS 加腮红。更重要的是，她们崇拜他。

大萧好的就是这一口。只是我一直没发现，原来这款该死的游戏，就是他热爱金钱多于全世界的原因。

我弹掉烟头，咬着牙发狠地说："今天晚上干最后一票，明天散伙！"他终于转过头来，望了我一眼，淡淡地说："好。"

那天晚上，我们都喝了很多酒，迎着风一前一后地跑到老地方。而就在我站在巷口放风，大萧亮出水果刀的那一瞬间，四周窜出了十几名警察。

冰凉的手铐铐在手上，是我从伪装腾讯客服那一刻开始就有想到的主要情节，但没想到会出现在我们爱情的告别盛宴上。

被人带上警车时，我望了大萧一眼，他晃了晃狂妄的脑袋。

二十四小时后，我被释放了。

出乎意料地，大萧揽下所有的罪行，他说："我不认识那个女人，要带也要带个能干活的人啊。"虽然他不知道，那么多警察围住我们两个人只是因为我与警察的一份协议：抓住大萧而赦免对我的起诉。

到最后，他都很义气地保护我。

离开警察局的时候，我最后一次在走廊上看见他。隔着窗，他还被铐着手铐，很认真地趴在桌子上写着什么。我使劲看他的样子，他却再没有回头看我一眼。

第二天，我买了去四川的机票。在四川的姑妈是一所大专学校的主任，对于缴钱买文凭的事很在行。在花光了我和大萧所有的积蓄后，我终于买到一张口腔医学的大专录取通知书。拿到通知书那天，我坐在泸州人来人往的街道上号啕大哭。那一刻，我想我把大萧抛弃了。

班里所有的同学都比我年轻，那些未来的牙医们会包宿玩劲舞团，轮流吹嘘曾经的那些"丰功伟绩"。每当话题转移到我的身上时，我只能傻傻一笑，说："你们都好厉害啊！"他们用目光鄙视我，仿佛在说："劲舞团都不玩，怎么出来混啊？"

偶尔想起大萧，就上百度去搜索他的名字。最后终于在深圳之窗的一条小新闻里找到了他的消息——抢劫惯犯落网，被判两年。新闻中的照片上是他入狱后的样子，头发被染回黑色，剃到露出了青光的头皮，依然是一副很勇猛的样子。

三年后，我大专毕业顺便考了助理医生资格证。在网上找了一圈工作后，我又回到了深圳，穿上白大褂，当上了牙医。

口腔科室主任是策杰——一个刚刚从德国进修回来的二十八岁男子，上网只去雅虎，工作只用 E-mail，聊天只用 MSN。而这些工具，我统统都不接触。终于在一个夏日的午后，他眼神温暖地对我说："来帮我申请一个 QQ 号码，好吗？"

此时我已二十六岁，不再是可以轻易浪费感情的年纪。一天后，我成了策杰的女朋友，在他新申请的 QQ 里，我是唯一一个好友。

那一天，策杰兴冲冲地跑来告诉我说他中奖了。转头一看，QQ 对话窗口上有一行熟悉的文字："腾讯公司 N 周年活动，您的 QQ 号被抽中一等奖，请联系本客服领取一等奖奖品广本汽车一辆。"

对话窗口的名字是"腾讯客服 daisy"。

时光迁移，爱情会变，但唯有某些骗术是永恒不变的。我用策杰的 QQ 回了句脏话，他没有回话，但是能想象他在那端撅着屁股，没心没肺地大笑的样子。然后我说："大萧，别再玩了。"下一秒，他的头像突然就灰了，从此彻底消失。

我们原本只是两个无所事事看不到未来的孩子，我们彼此相爱，不离不弃，却在盛夏的某天各自出走，去了彼此陌生的地方。现在是 2008 年，我告别了钻石王老五策杰，搜寻着网络上的每一个角落。

大萧，从来没有人像我一样想把你找回来，就好像从来没有人像你一样走进过我的心里。

熊猫烟熏在 2005 年的那次离家出走

到深圳的第一个夏天，我学会了用 VOV24 色眼影化熊猫烟熏妆。

眼影是马小党从淘宝上买给我的，他说我眼睛太小又是单眼皮，勾不住男人。那时正是深圳的雨季，我站在梳妆镜前，拿着眼影刷使劲抹，一层白一层灰还有一层黑。化出来的妆并没有时尚杂志里那种媚视烟行的效果，反倒像只失眠的熊猫。旁边的马小党狠狠地吸了几口烟，恨铁不成刚地说："去洗洗吧，晚上要多拉点儿生意。"

2003 年，我和马小党经营着一家小酒吧。就在下沙村破烂简陋的民房二楼，摆上几张沙发茶几，挂几盏彩灯，反复播放着当时很流行的《香水有毒》。

我不懂酒吧经营，卖酒、招清洁工、给保护费，这些都是马小党的活儿。我只会天天跑到深圳的聊天室对着一群男人撒撒娇、装装抑郁：

"我失恋了，很寂寞，想找个懂我的男人出去喝酒。"如果他们听明白了，就会问我要电话号码，跟着我去马小党的酒吧。那里的啤酒一瓶卖到二百元，买单的时候我就躲进女厕所或者跑掉，而男人出来时就好像一只被扒光了毛的公鸡。

所有收入我和马小党四六分，这很公平。上次遇见个很彪悍的冤大头，跑进女厕所里把我揪出来，骂我是贱人，一记耳光扇得我半天回不过神。马小党没声没息地晃过来，抄起个酒瓶砸在男人的头上，为此他在拘留所蹲了五天。

所以尽管我瞧不起马小党的粗鲁，但仍然是感动的。他让我多拉几个冤大头，我就通宵上聊天室聊天；他让我化妆，我就把自己描成大熊猫。

这算不算爱情我不知道，马小党也有别的女人。当那些女人扭着水蛇腰搭着马小党的肩膀在小酒吧里喝酒时，我就在农民房里对着镜子练习化熊猫烟熏妆。总有一天，我苏梅小姐要变成眨眨眼皮，在浮光掠影间就能把天下男人一网打尽的妖精。

2004 年，我们的生意已经做得很大了。我们在关外的工厂找了十来个花枝招展的小妹，在农民房里摆上二手电脑每天给她们下任务。马小党给他妈打电话时都装神弄鬼地说自己搞娱乐服务业；而我比较好面子，跟我妈说自己做的是 IT 行业客服管理。

有了钱，马小党身边的水蛇女就换得飞快，高矮胖瘦，各种形状的都有。偶尔他也会突然很清醒，跑来问我："你怎么不吃醋？"

马小党的女朋友都会吃醋，一吃醋就跑到酒吧发飙撒野。这时候就由我苏梅小姐出场，领着哭成一团的女人出去，招待她们吃烧烤喝金威，告诉她们爱情就是狗屁，马小党这样的男人更是狗屁中的狗屁。所以我吃醋做什么？我才是那个一直留在马小党身边的女人。

当马小党的女人可以编成一个连，而我的熊猫烟熏妆化得颠倒众生时，他妈给我打电话来，说是要我们两个人回去把酒席给补办了。

哎！是的。和马小党从村里出来前，我们就兴冲冲地领了结婚证。原本我们可以像其他夫妻一样一起进工厂打工，攒够了钱就回老家买房生孩子。可是当我们看到足足有六十八层、坐电梯都需要转来转去的地王大厦时，我们都输给了自己的雄心。

2005 年春天，我顶着熊猫烟熏妆去金夫人影楼找摄影师。旁边绿色的"星巴克"里，一个油头粉面的男人正深情款款地与一位白领女性对视。和马小党在一起那么久，他对我和他的女友们从来都没有这样充满柔情过。他只会突然跑到我后面，猛拍一下我的屁股，或者在喝醉的时候抱住我，口齿不清地说："女人，我喜欢你。"

　　我心里一阵发酸，跑回去就上鹏城聊天室勾搭男人。被我从聊天室骗进小酒吧的那个男人有些背景，也很强壮。在我没声没响地花了他五百大洋买了一瓶"长城98"后，他叫了一群人把酒吧砸得乱七八糟，又把我堵在门口揍得死去活来。最后，男人一脚狠狠地踹在我肚子上，头也不回地走了。

　　小腹一阵绞痛，有什么红红的东西流出来。我怀孕了，我包里装着有两条小红线的试纸，整日愁眉苦脸，只想着在肚子大起来前把婚纱照拍了，却没来得及告诉马小党。可我一点也不害怕，心里只想着白天在星巴克外面看到的白领女性，她和那一个连的庸脂俗粉不同，马小党看白领女性的眼神里有种东西叫认真。

　　初三那年，我拉着马小党一起刨了邻居家里的红薯烤着吃，被我爹抓住了，马小党疯了一样地往我身上扑，只是想挡住从我爹手里落下来的木棍。

　　很久以前，马小党曾认为自己是街面上的地头蛇，所以他整日在别的女人面前装神弄鬼十分牛气。可是我们都清楚地知道，我们连黑社会里最低级的混混都不算，小酒吧就这样被人砸得面目全非。还好，这些年下来我们有很多存款。

　　我没有告诉马小党流产的事，自己拦了辆车跑到医院做人流。回来时他在床前吸烟，地上有一堆烟头，下定决心地说："没关系，我们换个地方重新开一家。"我拉过被子蒙住头，不想理他。马小党，他雄心万丈希望终有一日能叱咤风云。而在深圳混的第三年，我唯一的梦想不过是能够和他回家，找块地，前院种点儿蔬菜，后院种向日葵。

　　在马小党出去跑场子的时候，我从存折里取出我们这些年所有积蓄的一半，买了一张当天飞去北京的机票。

　　这些年唯一能够让我在他身边赴汤蹈火的理由，不过是我们都有相同的雄心和一纸婚书。

　　到北京的第一天，我躲在十元钱一天的地下室里，一边哭一边把手里的钱数了又数，整整五万。第二天，我就跑到北影去报了一个非正规的演员化妆班。

　　我在北京待了两年，读书，找些零零碎碎的平面广告和低级的电视剧造型助理来做。我的外貌在女同学中不算出众，但是烟熏妆化得却是出神入化，每一副经过我手的面容，睫毛颤动的浮光掠影间都能将男人的魂儿夺走。

　　2007年夏天，当我顶着熊猫烟熏妆在一个二流剧组转来转去时，一个四十岁出头的监制走过来对我说："我注意你很久了，可以做我的女友吗？"男人温文尔雅，有学识，谈吐风趣，更难得的是，在他眼里我看到了认真。

其实一个女人无论在红尘里辗转过多少怀抱，求的不就是男人的认真吗？我洗掉了脸上的熊猫烟熏妆，拎着巨大的化妆箱搬进了男人在丽都花园的别墅，从此收好华衣，过起贤妻良母、相夫教子的生活。

半年后，男人捧着钻石戒指向我求婚。

2008 年，我戴着无名指上那枚闪闪发光的戒指踏上了回老家的路程。

老家并没有什么变化，依然是年轻男女领完结婚证就撒着腿儿奔向离家混日子的金光大道。我听着母亲的絮絮叨叨，说我悔婚后马小党他娘大闹乡政府；说马小党 2006 年在深圳混得风生水起，曾掏钱请全村的人去深圳玩了一周；说马小党后来生意失败，带着点儿钱跑回老家修了栋小房子，开麻将馆。

夜幕初上，村口的那栋白色小房子里灯影绰绰，乌烟瘴气。男人老了，双鬓已斑白。他嘴里叼着根烟，恶狠狠地打牌，见到我像是不认识一样，把头转过去要他媳妇儿倒茶水招待客人。

马小党的小媳妇儿我曾见过，是他曾经那一个连的女人中的一个。马小党当年要甩她时，小媳妇儿很神勇地吞了一瓶安眠药，躺在酒吧的地上割腕。她是真的喜欢他。

小媳妇儿也认出我了，一脸戒备。我朝她笑笑，又对马小党说："我回来跟你办离婚手续。"他淡淡地"哼"了一声，潇洒地把一排麻将推倒，说："自摸！给钱。"还是那副装神弄鬼的德行。

去民政局的路上，马小党很猛地冲在前面，好像是迫不及待要摆脱那一纸婚书一样。我跌跌撞撞地跟在后面，三寸的达芙妮鞋磨得脚趾发肿。他回头冷冷地看了我一眼，又跑回来把我扛到肩上。有人说如果想哭的时候就倒立着，可是当我在马小党的肩膀上倒挂着时，眼泪却一颗一颗地落下来。

走到门口，他把我放下来看了我一眼，低声地说："其实，当年我是想和你过一辈子的。"我心一酸，差点儿又哭了，我说："现在还说这些做什么。"他一急正想要辩解什么，世界突然天摇地动。

男人扑过来，紧紧地把我抱在怀里，民政局几十年的老房子跟电影里演得一样哗啦啦地全倒下来。我和马小党被埋在下面，却都还活着。

三天，七十二小时。我们在深圳时从来没有拥抱过这么长的时间。

我听他说当年是想重新开家正规的小酒吧和我过日子；听他说他知道我想继续读书就在网上找了位英语家教，也就是"星巴克"里的白领女性；听他说我走后他发疯一样地做生意，最后还是落魄地回老家。

这个当年逼着我化熊猫烟熏妆的男人，对我说的最后一句话是："女人，如果我们这次熬过来了，我们不离婚好不好？"我说："好。"不知道他有没有听到，但他再也没有回答我。

　　2008 年 6 月，我托北京的律师卖掉了在北京的一切，拒绝了制作人的求婚，跑回老家找地种蔬菜。我抛弃了可以带走的一切，唯独留下了那盒用得见底的 VOV24 色眼影。

　　也许在剩下的几十年，被截掉右臂的我可以慢慢练习用左手来化熊猫烟熏妆；也许永远都不会成功，因为真正的熊猫在 2005 年的春天顶着烟熏妆离家出走了。

贝佳斯绿泥，要热爱请先崇拜

　　那个早晨你去医院的皮肤科看脸，戴着厚厚的口罩在医院门口鬼鬼祟祟地东张西望。都说毁容的人一般都自卑，可当你见到我时就忘记了害羞，还不知廉耻地扯下口罩，顶着张红豆花开的猪脸对着我狂吼："你这个奸商，都是你卖假货给我，害我成这个样子！我怎么参加下周的比赛？"

　　你所说的比赛，是这家自以为时尚的城市电视台搞出来的健美先生大赛。据说第一名可以成为某家整容医院的代言人。我悲哀地看着你，范路明，如果你原本长得就像猪，那就永远都不可能上树。用不用我的冒牌贝佳斯，结果都一样。

　　2008年春天，淘宝上有人卖三十元的倩碧黄油，也有人卖二十五元的雅诗兰黛。同样都是假货，他们都能生意兴隆福泽万世，凭什么我卖了个五十五元的贝佳斯绿泥就撞见了你这个倒霉鬼。你捏着送货单从快递公司跑到我家里，一个大男人，明明是遗传基因不好还口口声声地要我对你负责。

替你开药的是专看中西医结合的老头子，脖子上挂着听诊器不用，装模作样地替你把脉。老头子沉默了半天，很邪恶地对你一笑："小伙子，虚火重啊。还没谈恋爱吧？"你狂怒，跳起来指着我这个罪魁祸首："你庸医啊，明明是她的面膜害我变成这样！"结果我们被暴怒的老医生赶了出来。

走出医院，你沮丧地蹲在街边抽烟，不知道的人还以为你是中了五百万却忘记去兑奖了。

我心软了，蹲下来安慰你："比赛不是还有一周吗？一定可以恢复的。"

你快哭了，说："一周，结疤还差不多。"

我又想了想："用粉底一定可以遮住的，我送你一盒 Lancome 粉底好了。"

如果不是旁边有两名保安拼命拦住你，我一定会被你活活掐死。

淘宝的美容居里有介绍，毁容到你这种程度时，脸上不可以沾任何东西，只能食疗，所以我捏着钱包去小超市兜了一圈，买了两根苦瓜和一包很可疑的汤料。

范路明，长这么大我还没为男人下过厨，居然为你破了戒。

下午我就拎着饭盒去你工作的健身房送汤。

该怎么说才好？你穿着蓝色紧身衣，如果外面加条内裤就是超人。我望着你发达的肌肉猛吞口水："你的汤。"可你不理我，站在跑步机前给一个长发美女打气，说："加油哦，最后一分钟。"长发美女从跑步机上下来，望着我一笑："这是你家保姆吧？"我差点儿没被口水呛死。

我跟在你屁股后面往休息室走，一双蓝色塑料拖鞋踩在硬木地板上发出"嗒嗒嗒"的响声。我裤兜里廉价的 LG 手机一直响个不停。电话是淘宝的一位顾客打来的，世道艰难，淘宝上的生意也不好做了。我不得不在你冷漠的注视下接电话，你果然生气了，饭盒连着汤水劈头盖脸地砸过来，吼道："你祸害的人还不够多吗？"

我没有说话，用袖子抹掉额头上湿淋淋的苦瓜水。说真的，我不怪你愤怒，是我害你不能去选美做整容医院的代言人，是我该死。

但是范路明，我没有很高的学历可以去写字楼神气活现地做白领女性；也没有你这么好的身材，可以卖肉当健身教练。我只配把重一百二十斤的肥肉藏在一台五百二十一兆内存的台机后面，买卖冒牌化妆品，满足众人廉价而虚荣的爱美之心。

你雄赳赳地走到门口，突然停下来，回头扫了我一眼说："小保姆，

My coy

明天继续送汤。如果我脸好不了，就拿你祭神。"

是的，当我走到阳光下，我就是任人凌辱的小保姆，再不配是别人。

当我买到第十根苦瓜时，你开始崇拜我的厨艺。其实我都不好意思告诉你，那是超市里三元一包的汤料的功劳，一天换一种味道。

结果你捧着碗很满足地说："难怪你这么胖，做出来的汤味道真的很好。"我被你打击到半死。

在你们公司，健身教练每介绍一位客户就有百分之三十的提成，我咬咬牙把支付宝里当月准备进货的两千大洋全都拿出来，在你这里办了张半年健身卡。

你有两件工作时穿的紧身衣，一、三、五是蓝色的，好像超人，二、四、六是黑色的，好像蝙蝠侠。我都记住了，当我趴在跑步机上累得死去活来的时候，你带着那张被滋润得光鲜可人的脸晃过来，没断奶一样地说："苦瓜汤，我要喝苦瓜汤。"

于是从健身房出来，我不得不满头大汗地去超市买苦瓜和汤料，心甘情愿地犯贱。

圣诞节，康体中心举办会员晚会。我瘦了五斤，穿了从不敢穿的黑色短裙，又在朋友那里借了辆帕萨特，很虚荣地来了。

结果你牵着一个红裙女人走 T 台一样地踱步过来，理直气壮地向她介绍我："这是害我毁容的奸商。"女人莞尔一笑，把头靠在你的肩膀上，美得跟仙女似的。

范路明，该被掐死的人是你啊！

我一个人趴在吧台前研究眼前千奇百怪的酒精。红色的是著名的血腥玛丽；蓝色的是可以点燃的火山；香槟色的是兑了鲜奶的百利甜。

夜幕初上，我很没出息地喝多了，疯疯癫癫地开着借来的黑色帕萨特上路，刚开到深南大道第一个路口就被交警拦下了。

穿制服的警察很有礼貌地请我下车，他们让我对着形状奇怪的东西吹气，让我沿着白色的斑马线走一字步，让我收起一只脚做金鸡独立。最后我扑倒在深圳两千平方公里的土地上，撞得鼻青脸肿，不顾众人的围观号啕大哭。

范路明，你的世界里绝不容许有我这种渺小而卑微的人存在。我早该明白的。

我们就这样告别了彼此。

我剪碎了那张没用完的健身卡，躲回了电脑后面继续卖贝佳斯绿泥，而你对我的失踪不闻不问。

淘宝是个奇特的地方，据说号称纯手工拍死的蚊子尸体都能卖六元钱一只，所以当我把贝佳斯绿泥的价格从五十五元调整到一百二十五元时，生意好起来了。

　　其实我根本没弄明白自己卖的贝佳斯绿泥到底是真是假。有个深圳的女孩从我这里买了五次，每次都给了好评。直到后来社区里有人发帖说，某些人的皮肤会对贝佳斯绿泥过敏，我这才确认，从来都是你在冤枉我。

　　深圳的天气变得越来越炎热，我穿着蓝色塑料拖鞋去小超市购物，两根苦瓜和一包三元钱的廉价汤料。给你做过的汤，我自己从来都没有喝过，所以从来不知道竟难喝到这个地步。

　　有人说能够爱上苦瓜的人，一定是成熟到可以接受生活的苦涩。那是不是代表你很成熟，成熟到可以面不改色地对我撒谎；而我很幼稚，幼稚到以为任何爱情都能名正言顺，万寿无疆。

　　我也曾经偷偷地去看过你。獐头鼠脑地躲在健身房外面巨大的玻璃墙下，半张脸都紧贴在上面，企图从窗帘的缝隙中看到超人或蝙蝠侠。新来的前台不认识我，拿着对讲机叫来保安，赶神经病一样地把我给轰走了。

　　我又在健身房楼下的停车场站了很久，仰望第四层有你的位置，直到阳光刺穿了墨镜让我流泪，你还是没有出现。

　　身为一个淘宝钻石卖家，我和太多太多热爱美貌的顾客打过交道。从我们并不成功的商业关系来说，我从来没有像现在这样怀念过谁。

六月，那个热爱美貌的深圳女孩买了第六罐贝佳斯绿泥。

我咋舌："你的脸是大象做的？"她说："这是最后一次，下周我就要去香港了。"我惋惜送客："以后再捧我场吧。"

"有机会的话。"

七月，路过蛇口沃尔玛，突然发现女孩留给我的送货地址是和你同一家连锁品牌的健身店。范路明，我该怎么形容当时那种激动到无语的状态，反正我有点儿丧心病狂地冲进去，保安过来拉我，我掰开他的手恶狠狠地咬了一口。

健身房的前台妹妹告诉我从来没有什么热爱美貌的深圳女孩，每次包裹寄来都是三个月前调来的健身教练代领的，现在他已经调去了香港。

我把一百一十五斤的身体砸在跑步机上泪流满面。范路明，你男扮女装地买我的东西，你人妖啊？

2008年炎夏，我，淘宝卖家佩灵小姐，旅居深圳，四川籍，无港澳通行证。

可是，请相信我总有一天会跨越深圳湾那片窄窄的海洋，寻到你。

范路明，请你等我。

尤其明知摩羯座最爱是落泪

1996 年，导演刘伟强力作《古惑仔》横空出世。

我们去看了。就在体校后面巷子里的那间乌烟瘴气的小录像厅，一台二十一寸的长虹，几张歪歪斜斜的木凳。直着腰坐一晚上，我居然还很开心，艳光四射。早上六点，我挽着你的胳膊从录像厅走出来，你玉树临风，我低眉顺眼，即便顶着熊猫眼也是男才女貌。我们走着走着就撞上了在路边啃油条喝豆浆的总教练。

老头子一把年纪，身子还硬朗得很，平时最爱玩咏春拳，最恨队员早恋。我们被抓到自然没有好下场。在体校破败的行政办公室，你情绪激动，练散打的拳头一下一下捶在快要散架的桌子上，说："我们有自由恋爱的权利！"老头子没吭声知道你中毒了，以为自己是浩南哥，一通电话叫来了你在体校工作的爹来处理问题。

处理的结果是：谈恋爱可以，但队里就只能留一个。我们都在散打队，而你明年就要代表省里参加全国大赛。你不吭声了，我上前一步，义薄云天地拍拍胸膛说："我走。"

主动离队，不是被开除，所以也没什么大不了的。我是女孩子，我的手本来就应该去绣绣花、抚抚琴、练练字。而不是十根指头都缠着绷带，每天打沙包累得跟从车祸现场回来一样。

我走那天，你很惆怅地站在体校门口送别，你说："我一定不会辜负你，集训完了就带你回老家过年见我外婆。"我好激动啊！一把鼻涕一把眼泪的，拖一麻袋的行李跌跌撞撞地爬上了公交车。林定峰，你是不太会表达但脾气火爆的金牛座。我想，浩南哥也是金牛座，虽然他很猛，但对小结巴的爱从来没有说出口。

在被我那位恨铁不成钢的爹猛揍一顿后，我开始在学校旁边的公园摆地摊。

我卖书，什么《从姓名到人生》《少林寺点穴秘功》，这啊那啊的，我自己最爱看的一本是《西方十二星座揭秘》。我蹲在路边翻啊翻啊看了半天，最后总结出来的是：摩羯和金牛是最般配的一对。林定峰，我突然就对我们的感情有信心了。我不相信我爹的话是真的，他说，我离开体校后，你迟早也会离开我。

浩南哥是有义气的男人，身为他的崇拜者，你也一定要有义气。我渐渐有些抑郁，自从你开始封闭集训以后，我就很少能再见你一面。最后一次见面，是我生日那天，你翻墙出来光顾我的地摊，给了我一袋巧克力，买了本《金瓶梅》，摸摸我的脑袋又溜了回去。

1998 年的春天，早上我去公园摆摊，就看见总教练撑着腰指挥人往大门口挂横幅，红底白字，措辞有些激荡——"热烈庆祝全国冠军林定峰回校"。

我低头，拖着一口袋的书一直往前走，"啪"一下就撞你身上了。

林定峰，你又肥了，肥得容光焕发。你抱抱我说："小妞儿，我回来了。"我使劲点头，眼泪哗啦啦地往外飞。等了这么久，我终于可以去见你外婆了。

很久以后，我学会了杨千嬅的一首歌，最爱的歌词是那一句"尤其明知水瓶座最爱是落泪"。我觉得换成摩羯座更合适一些，为什么我那么爱哭。

其实，你大我十岁。

三岁一代沟，那我们之间横着的就全剩沟了。但我不怕，想当初我可是体校一枝花啊！我不用像浩南哥身边的小结巴那样换姿势换表情换方法地勾引。我只要说一句"林定峰，我要吃饭"，你就屁颠屁颠地过来了；"林定峰，我要喝水"，你又屁颠屁颠地跑开了。

我觉得，你就是用这种养猪一样的方法，把我捞到手的。

来体校的第一个冬天，我学人家老队员冬泳，便感冒了。你大清早的去菜市场买了只土鸡，拜托学校旁边小饭馆的老板娘熬成汤，装了一大壶提过来给我喝。我身娇肉贵的不肯喝，但我不喝的意思是请你喂我。你老人家发育没成功，IQ 不达标，没哄我，直接扑过来捏着我的鼻子往我嘴里灌。

我这辈子就没喝过那么难喝的汤。

感冒好后，我就偷偷跟你好上了。我也不知道是喜欢你，还是喜欢那壶放了太多胡椒、让我不停地打喷嚏的鸡汤。

后来，你变心了。

1998 年春天，我拓展了业务，不光卖书，我还卖 IC 电话卡。有美女来光顾，卡拿到手里就在旁边的电话亭打长途。她说附近的方言，如果仔细听还是可以明白的。她说她在体校交了个男朋友，说男朋友是练武术的，还是全国冠军。

　　她说了很多，表情亢奋，眼冒金星。我蹲在地摊旁边看书，书的名字我不记得了，大体是讲什么化学物品和什么化学物品混合起来，可以杀人于无形的。很好卖，我一次就进了二十本。

　　晚上，你们偷偷摸摸地约会，在月光下漫步。你跟在美女屁股后面，摸人家肩膀，她瞪你一眼，你乖乖收手。我躲在后面都看着呢，最后我捡了块小石头，砸到你的脑袋上，然后一路飞奔着离开了。

　　林定峰，为什么以前跟我谈恋爱，没见过你这副低头哈腰的德行？我不明白了，她有什么好，好歹我也是散打队的队花啊！

　　我跑去找她，在体校的形体室。那姑娘是练体操的，穿了一件白衣服，和一群女生在屋子里好像麻花一样扭来扭去。我不打女人，所以她做什么动作我就做什么动作。

　　形体室一整面墙的镜子大得让人绝望。人家掰腿的时候像天鹅，我掰开腿，整个一瘸子蛤蟆。

　　我们正式分手的场景，有点儿像电影。

　　你穿着西装来找我，就在公园的那棵胡须榕下。你很潇洒地点了根烟，想吐烟圈但没有成功，结果全喷到了我的脸上。你说："你是好女孩，以后好好找份工作，还是有前途的。"但我有些伤感，林定峰，你终于背叛浩南哥了，他从来只穿 T 恤和马甲的。

我还是想挽留你。我想告诉你我不会再摆摊了，我想告诉你，我在深圳做生意的舅舅打算接我过去念高中，我想告诉你，说完再见也许就再也不见了。

可是，我什么都没来得及说，那女人就来了，挽着一树梨花压海棠的你。我说："好好，你们是成年人，你们谈恋爱就可以得到教练的祝福。"说完我眼眶一红，拔腿就往外冲。

走了不远，就听到后面吵吵闹闹一片。那女人的前男友打过来了，领着一群壮汉群挑一名武术冠军。大概是因为谈恋爱而疏于练习，你明显力不从心，被打得抱头鼠窜。我想了想，又冲了回去。

是谁说的，摩羯在十二星座中位居现实之首。我做的选择，从来都让人意想不到。

1999 年，我在深圳念高中。手指上取掉了绷带，还参加了学校合唱团。2002 年，我在大学念美术设计。头发留得很长很长，但只穿球鞋和裤子。2006 年，我进入舅舅的公司做设计师，每天只需要坐在电脑前用软件写写画画。

2009 年，我终于买了车。考驾照的时候，他们差点儿不让我学，说我有一只脚不方便。舅舅发火了，说脚不方便就不能踩油门吗？要多少钱，老子都给。

于是我顺利地拿到了驾照和新车。驾车驶入停车场的时候，有保安走过来帮我取车卡。

林定峰，我终于看到了你十年后的样子：穿着灰蓝色的保安服，背有些驼了，站在那里。当我的车轻轻开过去的时候，你挺直了背向我敬礼。

离开体校后，我就再也没有练过散打。一年没有练过拳，光知道天天蹲路边养肉的女人如何跟一群男人打架呢？我打了很久，抱住最厉害的那个人，让你先跑，最后一根粗粗的铁棒落在我的左腿上。从此，我的步子就再没有平稳过。

后来的两个月，每次我驾车驶进停车场时你都向我敬礼，却认不出我。这样很好，因为是你欠我的。

我总是想起你以前的样子。

在某个清晨，男孩穿着破破烂烂的 T 恤，抚着我的肩膀从录像厅走出来，有清澈的天光落在你微笑的面庞上。那时我们那么年轻。

青衣

2008 年 6 月 17 日

来看你那时正是深圳的雨季。

我站在外科大楼二十层的移植部，隔着巨大的玻璃观摩你英勇的形象。浑身上下插着管子，像是被 UFO 无情抛弃的试验品。旁边的医生正絮絮叨叨地说着你的病情，说你的移植手术很成功，用不了多久就可以重新活蹦乱跳地打篮球。旁边有护士递给我一个袋子，说是病人的私人物品。原谅我很没人品地偷偷翻看了，袋子里有你的手机、名片夹、钱包和结婚戒指。

钱包里，贴着你和萧娜的结婚照，在海边取的景，两个人抱在一起往那儿一站，一副春光明媚的模样。在那个女人抛弃你以后，你居然还舍不得丢掉照片。我脑子"轰"地一热，屁股对着墙蹲在地上哭得歇斯底里，满屋子的人都目瞪口呆地看着我。

该怎么说呢，宋子墨。三天前，当我花一大笔钱为你那颗新的心脏买单时，脑子里想的只是当初站在舞台中央、拖着一袭青衣对着我幽咽婉转的那个"薛郎"。

也许我爹说得对，我是个不懂得心硬的女人。为了拿到给你的心脏做移植手术的六十万，我在老爷子的办公室哭了整整一天。我宁愿再次忍受他对我的失望，也不愿意看折子戏一样地欣赏你被女人甩后，疾病缠身、自身难保的衰样。

六十万，整整一袋子的钱。我从东莞的银行取完钱就直接开车前往深圳。天空下着暴雨，电台里在反复播放黑色暴风雨警告。换另外一个台，放的居然是马天宇的《青衣》："时间已覆水难收，弹诉哀愁泪不休，梦碎后已难再回首……"

沿途到处是因为山体滑坡裸露出的大片黄土，还有被碎石砸得粉碎的小车。我不害怕，只是满目的荒凉让我的心都蒙上了尘土。

我在玻璃前站了二十分钟，蹲在地上哭了二十分钟。你终于被我吵醒了。第一个见到的，就是你曾说永远不要再相见的"王宝钏"。你情绪激动，满眼含泪地凝望着我，嘴巴里插着喉管支支吾吾地无法说话。

可是就算隔着五米的距离，我依然知道你在对我说什么。

那时薛平贵曾对王宝钏说："妻啊，后面无路了。"可是薛郎，后面若是有路，你也就不回来了。

2006 年 7 月 20 日

如果时间可以倒转回七百五十三天前。

我很嚣张地跑进电脑城一楼，掏出一沓钱拍在柜台上对人说："我要那台松下 FX50。"营业员被我那么大一沓零碎的钞票惊得说不出话来。

那款相机是你在网上看中的，淘宝价一千九百五十元，对于我们这种穷得连喝矿泉水都觉得奢侈的穷学生来讲，无疑是笔巨款。你每提一次 FX50，我的心里就哆嗦一次，晚上去夜宵摊推销金威时脸皮就更厚一分。

三元钱一瓶的啤酒，我每卖出去一瓶可以提成三毛钱。买一台松下 FX50 就需要卖掉六千五百瓶啤酒。每天下课后，我就换上巨难看的红色套装，扎着青春无敌的马尾，流窜在成群结队的酒客中间怂恿他们买酒。

只是，喝酒的男人大多醺醺。有一次遇见一个死皮赖脸的男人，在我硬着头皮灌完了桌子上所有的酒后，他才很小气地再开了两瓶。最后我跑到附近的公厕吐了一个晚上，醉倒在路边，直到天亮才爬回宿舍。

你对我放弃戏剧社的活动跑来当啤酒妹很有意见，你说："卖啤酒能有什么出息，你瞧瞧人家萧娜，手机用的可是 MotoV8！"

　　可是宋子墨，你从来没有想过萧娜有一个宠溺自己而且富有的父亲。她可以没心没肺地挥金如土，当她甩着水袖站在台上扮那个美艳不可方物的朱邪氏时，连戏衣都是自己在外面定做的。

　　而我呢？卖了六千五百瓶啤酒，存了一大沓不可思议的钞票才为你买到一份毕业礼物。

　　当我兴奋地捧着 FX50 跑到剧团去找你时，"薛平贵"正和"朱邪氏"纠缠。

　　剧团已经散场了，你们却还在舞台中央。你的脸在昏暗的灯影下微微发红，而"朱邪氏"拖着水袖，眼里尽是流光溢彩。好一出郎情妾意的戏。

　　我脑子一热，丢下礼物冲上去就和萧娜扭打到一起。你一把拉开我，一记耳光落在我的脸上，扇得我头晕眼花。你愤怒地对我说："我们之间完蛋了！"

　　是的，我们完蛋了，那台 FX50 因为我一时激动，镜头摔在地上碎成一片。而我却用了足足一个礼拜才接受你移情别恋的事实。

　　当你收拾好包袱，春风得意地离开我时，我一边哭一边给我爹打电话，要他寄钱过来给我买飞机票。因为他不用再担心我鬼迷心窍地和一个从山里出来的穷小子在一起，因为你把我给甩了。

　　我们的恩断义绝，让老爷子很高兴，他很豪迈地送给我一辆红色的马自达 6 当毕业礼物。而你，听说跟着萧娜回了深圳，在未来岳父的帮助下找到一份很风光的工作。结婚时，你上蹦下跳地到处派喜帖，唯独遗漏了我。

　　当薛平贵迎娶朱邪氏时，王宝钏也和我一样孤灯只影地在武家坡苦守寒窑十三载。其实我和王宝钏是那么相像，有同样的悲伤。

2005 年 12 月 24 日

　　再回头半年，我们当时依然相爱。

　　平安夜，你执意要找一家够氛围的餐厅给我庆祝生日。

　　一开始，两个穷小孩牵着手，路过热闹的必胜客，对着玻璃窗后面的双拼铁盘和肉汁意面狂吞口水。我们蹲在路灯下面翻出口袋里所有的钱，数了又数还不够买一份小装的比萨。

　　吃不起比萨，我们只好换一家，莫名其妙地闯进了金碧辉煌的钱柜。五分钟后，你终于搞明白在外面排队上电梯的人不是要去吃饭，而是要去唱歌。

　　我们换了很多家餐厅，买不起必胜客的比萨，也喝不起星巴克的咖啡。你很愤怒，红着脸牵着我的手走了很久很久，不找到价格合理的节日餐厅誓不罢休。

后来你终于牵着饿得半死、眼冒金星的我走进肯德基，小心翼翼地买了一份香辣鸡腿堡。一边眼泪哗哗地看我啃完，一边发誓不会让我失望，以后要赚大钱，天天吃必胜客。

我心里一疼，王宝钏之所以甘愿从淑女沦为大妈，不就是看好薛平贵这支潜力股吗？

宋子墨，那一刻我突然不希望你就是"薛平贵"。

男人一旦有了功成名就的机会，就很容易健忘。对于爱情，女人总会有飞蛾扑火的豪迈，就好像王宝钏舍弃荣华富贵去了武家坡和薛平贵在一起。而男人也总会有铁石心肠的无情，就好像薛平贵遇见提携他的朱邪氏，转眼就忘记了在寒窑中等他回来的女人。

我预感到贫寒的爱情会输给一份辉煌的雄心。

2005 年 2 月 16 日

时间再向前一点，我们大三。年少莽撞的二十一岁，恰巧是可以为爱牺牲掉一切的年纪。

我很生猛地对老爹说："他一定不会辜负我的。"老爷子带兵那么多年，脾气躁得不行。顿着足指着我的鼻子骂我是糊涂是冤孽，发誓如果我坚持和你在一起，他不会再给我一分钱。

不给就不给吧，我很无知地幸福着，挽着你的手去学校社团学戏。那出叫《王宝钏》的京剧，老师让我演王宝钏而你就演薛郎。

宋子墨，不得不承认你的颜值，就算是浓妆艳抹的脸也是唇红齿白，帅得要死。薛郎迎王宝钏回武家坡的那出戏，你牵着我的手，情意绵绵地唤我"娘子"。我的脸微微一红，只一出戏就让我想到了和你的一生。

落幕的时候，你在后台用矿泉水和纸巾一点点地帮我卸妆。一旁新加入的女二号萧娜幽魂似的荡过来，眼珠子落在你身上打量个不停。最后她干脆忽略了坐在一边的我，请你出去吃夜宵。我记得当时你脸上的表情，根正苗红的样子，你说："对不起，我要陪我娘子。"

回到我们租来的小屋，你用圆珠笔在纸上计算我们的收入和开销。收入多少钱，支出多少钱。你家在农村，一个连百元大钞都很少见的地方，根本负担不了你的学费。我见你愁眉苦脸的样子，很豪迈地拍拍胸脯说："我明天出去找兼职。"

我做过小学家教、商场促销员、跑龙套，最后选择了做啤酒妹。工作时间固定，只是不能再和你去社团唱那出《王宝钏》。

没什么好遗憾的。曲终戏散时，我的薛郎会顶着月色来迎我，一手拿着烤红薯，一手提着炒土豆。有一次，经过那条蜿蜒曲折的小巷，一个拿着水果刀的小流氓冲出来打劫。我的薛郎，很勇猛地把一盒土豆砸在小流氓的猪脸上，拉着我的手一路狂奔。

宋子墨，你在我眼里从来都没有这么英明神武过。终于明白在薛郎英雄救美后，王宝钏为什么就发誓非君不嫁了，因为她认为，为了这个男人，一切都是值得的。

2003 年 9 月 28 日

那日，我们第一次相见。

阳光明媚，我们一起进了戏剧社团，在老师的折磨下开嗓子。我学过一段时间声乐，再难的段子唱出来也可以清亮婉转。而你虽然生得是玉面桃花的小生样，却是公鸭嗓，唱起戏来鬼叫鬼叫的。你开嗓子的时候，我就在一边打滚笑成一团。

带我们的老师终于忍无可忍，说你如果再这样下去就发配你去演丑角。你瘪着脸向我吐舌头，于是我回去就上淘宝拍了一大袋的胖大海，躲在宿舍里用"热得快"烧水泡了一大壶，学戏的时候带给你用来开嗓子。而你感激我，领我去男生宿舍请我吃火锅。

不打眼的戏剧社团里藏龙卧虎的，排戏时你和我都得靠边被自动无视。为此我们很不开心，你说你要演那个穿青衫的男一号，而我在旁边使劲点头。在散场后，躲在后台的我们偷偷换上主角的戏服，装神弄鬼地站在台上唱戏。

那时候，我们都不懂那出被人唱得幽怨婉转的戏叫《王宝钏》。你负着手，穿着素衣立在我面前，熠熠的眸子里盛满春光，似一阵风吹起了无边的波澜。剧场的灯突然大亮，是巡夜的老头儿听见我们的唱戏声，以为是闹鬼。

最后负责排戏的老师狠狠地将我们教训了一顿。你垂头丧气地和我并排站在一起。我们穿着戏装，肩膀并着肩膀，胳膊贴着胳膊，分不清彼此。隔着水袖，"薛郎"偷偷拉住了"王宝钏"的手。

宋子墨，我们说好的，要永远在一起。

如果长颈鹿肯低头

　　我站在动物园的老虎表演区，隔着粗粗的铁丝网看你像只蓝毛鹦鹉一样在笼子里上蹿下跳。旁边站着解说主持人，唾沫横飞地说你是世界上一流的驯兽师，说你一个人可以领导六只珍稀老虎做特技表演。观众席上有妹妹狂叫，你得意极了，手一挥，率领一只小老虎给大家表演后腿倒立。

　　那只小老虎，据说是你一年前才开始训练的，性格叛逆又古怪。你叫它倒立，它就把屁股撅得老高对着观众席尿尿。台下哄堂大笑，你恼羞成怒地甩了一个响鞭。

　　说真的，关海风，三天前，当我站在动物园门口张贴你巡回表演的海报时，脑子里想的是：如今的你笃定有了自己的绝技，才能号称世界第一驯虎师。那天，我贴完巨型海报就掏出 Nokia5200 来玩自拍，照片里我的脸因为贴着镜头，显得古怪而臃肿，身后是你在海报里露出八颗洁白的牙齿喊"田七"……

这是我们的第二张合照，第一张是高中毕业的班级照。你站在我后面，伸出两只手摆了个"V"型的Pose（姿势），土得像个白菜包子。那张合照，在我相册里放了很久，直到你去日本受训那天，我用小刀把你从照片上挖下来，随手冲进了马桶。

总的来说，我看了那么多场驯兽的表演，但像你这么有才的驯兽师，我是第一次见到，所以我忍不住，表演结束后就一边狂笑一边清扫地面。你终于发现我了，野生动物园的饲养员罗庭雨姑娘。

关海风，以我对你的了解，虽然你没有说话，但我看得穿你的不屑。狮子座的男生，从来都这样理所当然地骄傲着。

不管怎么说，广州是你巡演的最后一站。虽然你的老虎在关键时刻丢了你的脸，但并不妨碍你留下来尽一名员工的本分。

得到这个消息那天，我跑去长颈鹿园喂小雨吃面包。你走了三年，它发育得很好，已经是园里脖子最长的动物了。经常有游客走过来，看到它就会喊："哎呀！那只长颈鹿的脖子怎么搭在树上了？"然后就花五元钱买一根树枝调戏它。小雨不争气，时常低着头追着树枝啃，啃着

My coy

　　啃着就头晕目眩地站不稳脚。

　　那次，你跑过来喂小雨的时候，左顾右盼地装作没有看见我。关海风，你就好像一只长颈鹿，骄傲得不肯低头，因为一低头就会脑充血。

　　但长隆野生动物世界有四百六十种不会记仇的物种，算上罗庭雨小姐就是四百六十一种，所以我很善良地走过来，提醒你："这只不是小雨，小雨在那边的树上玩上吊呢。"你狠狠地瞪了我一眼，终于说了一句话："我知道，我乐意。"

　　我别过头去和树枝上的长颈鹿对了个忧伤的眼神，它也听懂了你的话。

　　小雨出生那年，我们刚念高一。你的母亲带我们进园游玩，刚进去就看到一只小长颈鹿跌跌撞撞地在棚子里学走路。你很开心，指着它说："它走路的姿势和你学车的样子很像，以后就叫小雨了。"

　　那时候我学骑单车，用我爹的黑色自行车在番禺灰白色的公路上跌跌撞撞。我骑车，你就跟在我屁股后面跑，一边跑一边喊："你快骑，我扶着呢。"我回头一看，一胖子正在很远的地方喘气，心里一紧张就从自行车上栽了下来。

　　所以关海风，无论你怎样否认，罗庭雨都是你唯一的青梅竹马。我们一起做了太多的事，就好像现在，连给长颈鹿洗澡都能不约而同。

　　广州的夏天热得像火炉，我到鹿棚的时候，你正拿着水管玩得高兴，一个转身，水全喷在了我的身上。于是动物世界的夜晚，我们肩并着肩在月光下晒衣服，身边奔跑着的是依然不肯归巢的长颈鹿群。有风吹过，我捏着你的手腕不停地颤抖。你终于侧过头来，眼里盛满了月光和点点闪烁的星火。

你给了我一个笨拙的吻。

你的吻，在我的唇边缭绕了一夜，以至于第二天表演时，该放老虎的我差点把狮子的笼子打开。

给老虎梳毛的时候，领导脸色铁青地走进来，我就知道出事了。昨天晚上有长颈鹿拉肚子，这会儿正被人按着输液。饲养员一着急，就老老实实地把我供出来了。领导大发雷霆，觉得我这是串岗。他恶狠狠地跟我算账，一只长颈鹿值多少美金，损失一只，我做一辈子的饲养员都弥补不了。他数落我工作的不是，最后还翻出旧账说："你之前也不是没干过这种事啊！"

我脑子"轰"地一热，指着他的鼻子就张口大骂："不就是养几只老虎的活儿吗？老娘不干了！"我愤怒地回过头才发现你已经换好装准备出场。你穿着紧身衣，鹤立鸡群地站在一群员工的中间看热闹。我看了你一眼，你心虚地转过了头。

My cog

　　我们高三毕业后一起报考驯兽师，因为被录取的人有机会去日本学习。但自从你小时候被我家那条京巴咬过之后，你就一直对毛茸茸的动物有心里阴影，所以考试前，我藏了一点麻药在手里。药是我去员工医院的口腔科偷回来的，当时你装成牙疼的样子躺床上让医生检查，我摸到木柜边上偷了两支冰凉的利多卡因。

　　那时候我们都不知道，局部麻醉和电影里演的那种迷药其实是有区别的，总之，当我把涂满了利多卡因的手捂在老虎的嘴巴上时，它立刻就温顺了，不停地舔自己的鼻子。经验丰富的考官当场抓住了我，剥夺了我的考试资格。而排在我后面考试的你，因为小老虎的状态不行，就把老虎换成了一只漂亮的鹦鹉来测试你的亲和力。

　　关海风，我们的梁子就是这样结下的。我认为是你的胆小连累了我的前途。在被恨铁不成钢的父亲胖揍了一顿之后，我把你送给我的所有东西全都打包丢到你面前，另外附上一张花里胡哨的信纸，写着"恩断义绝"。

　　那天，当你在老虎园表演的时候，我落寞地走过观众席，身后是主持人亢奋地解说和排山倒海的掌声。我想去看小雨，但他们不让我靠近鹿棚，说我已经被辞退了，不再是动物世界的员工。

　　我走到外面用手机给你发了条短消息，然后在鸳鸯湖边数着乌黑的鸳鸯，等待你的回复。可是关海风，直到天黑动物世界闭园，我也没有

My cos

等到手机响起来。

　　父亲来接我回家，他没有发火，只问了一句："我知道你不会做这么不负责的事，对吧？"我没有回答，车窗外悬挂着有你代言的动物园广告，你笑得纯真无邪，旁边一行大字——"与兽通行，欢乐无限"。那天晚上，你的手里藏着薯片一点点地喂给它们吃。我能理解，你只不过是过于疼爱这些长颈鹿，所以忘记了它们吃了那些油炸的食品会消化不良。

　　关海风，你肯定是内疚的吧？否则在我辞职的第二日，你怎么会来敲我家的门呢？我坐在客厅里，观看你的表演DVD，在日本，在加拿大，在美国……电视机里笑语喧哗，门外的你一下一下地叩门，每一下都拍打在我的脉搏上。

　　父亲心软，想要放你进来，但我死活不从，朝着门外喊："你让他进来我就走。"

　　关海风，秋天来的时候小雨的病已经痊愈了。我进园看过几次，你穿着灰蓝色的员工服站在栅栏外面，踮起脚喂它啃树枝。旁边有个很矮的小孩子跟你抢着喂，你就教育他说："长颈鹿不能低头太久哦，会脑充血的。"

2008 年冬天，我去了深圳，据说那里也有动物园，有被驯兽师教育得老老实实的老虎和不能低头的长颈鹿。我在那重新报考了驯兽师的课程，他们放了一头小狮子测试我的亲和力，结果我蹲下来一拍手，小狮子就四脚朝天地朝我撒娇。

我时常和父亲通电话，他说你陆陆续续来找了我许多次，磨着他要我的联系方式，每次都失魂落魄地离开。

其实这样的结局很好啊，关海风。就像那日我坐在鸳鸯湖旁边发给你的那条短消息一样："我不想再继续忍让。"你看得明白却依然不肯退让。

所以再见了，亲爱的男孩。最好的爱就像骄傲的长颈鹿，不会一直为你低下头颅。如果长颈鹿肯低头，那么下次，请你在她低头时，好好怜惜。

我们不是永远都那么勇敢

初冬的时候，阿念把自己打扮得像一只公鸡。

这是女孩在实习期的工作，身为传媒大学中文系的高才生，在毕业时能选择的工种并不是很多。漂亮的女同学都被公司要去做了前台，而男生大多都奋战在国考的独木桥上，所以穿着一件前凸后翘的大公鸡服装，在地铁上推广二维码，还算是一种不错的选择。

深圳地铁的十一号线，一共十七站，走完全程大概要一个小时。阿念每天要来回乘坐地铁十次，她的脸要从鸡脖子的洞里露出来，走路时还不能随便转动身体，因为屁股后面拖着一大坨的鸡尾巴，一不小心就会撞到旁边的行人。

工作很简单，就是在前胸和后背都贴一张巨大的二维码，然后挺着胸对车厢里的所有人说："请扫我，注册，请扫我，注册，有礼物送。"

就这样一路蹒跚着从车头晃到车尾。独自开工，固定的线路，无须思考也没有技巧。只是在地铁抵达终点的时候，她会下车去上个厕所，顺便拐到地铁口的小卖部光顾一下苏谷的生意。

小白脸儿苏谷，二十五岁，加盟了一家便利店做小老板。这样的男人说得好听是随遇而安，说得难听就是安于现状没有野心，但他每次都会给阿念一些小小的甜头，小份鱼丸一共六颗，他会给她八颗，还附赠一杯热豆浆。他笑眯眯地看着她拖着硕大的鸡屁股坐在凳子上吃下午茶，然后和她有一搭没一搭地聊天。于是阿念就知道了对方的偶像是水果姐。他是东北人，爱吃辣椒，做过两年程序员，天天加班写代码还要被产品经理怼。有天苏谷下班时看到便利店的转让告示，他就辞职了，用所有的积蓄将这家店接了下来。

代码太冷了，一行接一行，让它干什么就干什么，一点感情都没有。苏谷是这样说的。冷冬的下午，转行的程序员和一只大公鸡肩并肩坐在便利店的门口聊天，他突然看着她说："其实你打扮一下也挺漂亮的啊，女孩子为什么要做这么辛苦的工作？"

他说着这话，眼神里竟然流露出一些迷情暖意来。

阿念脸一红，心跳像漏掉了一拍，从没有男生说过她长得漂亮。她慌不择言："你居然敢调戏我，是不是想死？"

然后她放下手里的鱼丸，扭着鸡屁股飞快地跑了，走得慌里慌张的，过地铁闸门的时候还被卡了一下。

　　春天的时候，当初一起入职的几个人都坚持不住陆续离开了，唯独阿念留了下来。年轻人，没经验，没技术，唯独不怕吃苦，相信总有熬出头的一天。人员少了，能选择的服装也就更多了，她终于不用再扮演一只公鸡，而是转型扮演一个小黄人，小黄人的头很大，但至少屁股不会被地铁闸门卡住了。

　　她还是会去苏谷的店里照顾生意，地铁终点站的位置。便利店的生意门可罗雀，但苏谷竟然多请了一个年轻的长发女孩帮忙打理。

　　那天阿念拿着一张粉红色的纸币去买单，他低头找钱，那长发的女孩走过来，从身后搂住了苏谷的脖子，她笑眯眯的脸贴在他的颈项上，像只温顺的猫。

　　当时阿念穿着笨重的小黄人服装，将那只巨大的黄脑袋夹在胳膊下面。她站在那里看着他们秀了半天的恩爱，然后低下头，用一种漠不关心的语气说："哎！你快点啊，我赶时间。"

　　最怕爱情是这样的独角戏，连失恋都必须装得云淡风轻，将酸楚统统放进心里藏起来。

　　阿念再也没有去过终点站的那家便利店。这座城市的地铁四通八达，无论从哪里下车都能找到可以填满肚子的食物，也能找到满足她所有需求的便利店，只是再也遇不到想见的人。

　　若不是对一个人抱有期许和喜欢，又怎会如此执着地每天去见他？然后她打算用"新欢换旧爱"的方法疗伤。

　　张美城是阿念在地铁上做推销的时候认识的，当时她被一个愤怒的老头儿抓住衣服上的尾巴，唾沫横飞地指责她撞到了自己的行李，坐在一边的张美城挺身而出，一米八五的大个头很轻易地就将那个老头儿拎起来作势要丢出车厢去。"一个大男人就不要欺负小姑娘了。"他是这么说的。

　　阿念觉得他帅爆了，一定是个好人，于是就心甘情愿地和他去吃夜宵了。脱下小黄人服装的阿念是个淑女，穿着白色的洋裙，踩着细细的高跟鞋和张美城坐在路边的大排档吃烤鱼。张美城给她果汁，细心地替她挑出鱼刺，他自己却大口大口地灌着啤酒。那天她坐在乌烟瘴气的街边，夜风撩人，旁边有喝多了开始喊口号的几个东北爷们儿，一对戴着眼镜刚刚下班归来的小夫妻，当然还有一口一个创业，聊着模式、融资、上市的张美城。

　　此时的阿念二十三岁，年轻得可怕，更可怕的是这个年纪的女孩，别人讲什么她都会信。

于是当张美城说要好好对她的时候，他们就在一起了。

张美城并没有骗阿念，他确实是在科技园租着一间小小的办公室，从惠州的农民那儿批发一些黄瓜、玉米包装成有机蔬菜做电商。他也有车，一辆破破烂烂的二手捷达，认识阿念那天车恰好坏掉，于是就选择了坐地铁。

"等我赚钱了，就买辆玛莎拉蒂。"男人是这么说的。他已经三十出头，和这座城市里无数个想出人头地的创业者一样，每天在混沌中活得狼狈不堪，又莫名地意气风发。

直到某天一个大腹便便的女人找了过来。

"如果他真愿意要你，我明天就签离婚协议。"

她们在电话里约好的地方见面，就是地铁出口的地方。昏暗的灯光下，那孕妇面色蜡黄，看样子应该已经接近临产了。阿念穿着小黄人的衣服，有些惊慌，还未来得及辩解，女人就撑着腰靠在墙上，很冷静地挥手示意阿念去给她叫车："我好像羊水破了，麻烦帮我打一辆车。"

送自己男友的老婆去医院生孩子，这大概是阿念这辈子遇到过最荒诞的事。当时她坐在产房的外面，一遍又一遍地给张美城打电话，却怎么都没人接听。

"哎，你是产妇的家属吗？快去买几罐红牛。"有护士跑出来对她说。阿念想了一下，站起来急急忙忙地往小卖部跑，中途没看清台阶，从楼梯上跌了下去。

她从地上爬起来的时候有些难过，并不是因为被一个男人欺骗了感情，而是她发现自己在这段关系里根本没有过任何付出。简而言之，她根本就没有那种因为被欺骗而撕心裂肺的感觉。

都说以新欢换旧爱是最管用的，原来张美城连新欢都算不上。

从医院出来，已是静谧的深夜，月亮从白色的大楼后面露出一小块明亮的颜色，像块薄脆的玻璃片，轻轻戳一戳就碎了。

阿念摸了摸肚子，觉得有些饿了，她好想再吃一份他的鱼丸。

毕业的时候，阿念从跑业务的实习生转成了项目的负责人。某天，老板将她叫进办公室，指着电脑里的一份文件说："这个项目就由你来负责，马上做份计划给我。"阿念点点头说："好的，爸爸。"

老板是位苛刻的老板，也是位严厉的父亲。话又说回来，如果不是自己亲爹，人家才不会管你是不是在地铁站里卖蠢呢。

吃苦受累够了，会比同龄人更明白一些道理。她二十四岁，上前线打过仗，聪明懂业务，又是老板的女儿，在公司有自己的地位，是顺其自然的事，独立的办公室就在父亲办公室的旁边。写字楼临海而居，一整面的玻璃墙外是广阔的碧海蓝天，时常有海鸟从面前掠过，拍打着翅膀在淡蓝色的天空上划出一条透明的轨迹，然后潜入云层。

她早出晚归，忙得无暇顾及这样的美景，只一心想做出份成绩来给人看。咖啡有助理替她煮，饿了也有人帮忙叫外卖，但她经常是接到一通电话后就开始天翻地覆地做事，转眼想起要吃点东西的时候，放在办公桌上的东西已经冰凉。

所以她又开始惦记他。想他安静地站在收银机后找钱的样子；想他总是担心自己吃得太快会噎着的样子；也想他笑眯眯地替她打热豆浆，又担心她会把自己烫到的样子。

一个人总是在担心另外一个人，是不是爱她不知道，但一定是喜欢。

她时常有想去找他的冲动，但又时常想起他身边的那个长得好看的长发女孩，清澈的眉眼，与他有一种莫名的般配。他大概早已忘了她。

阿念的心被这样反复无常的情绪分成两半，一半想待在原地，另一半又想奔向远方。

后来阿念用年终的奖金付了一辆车的首付，现在的她不用再穿着布偶服装整天待在地铁里，也很少再坐地铁。她的生活已变得精致，日日华衣美服，搭配相宜的妆容，与从前那个蠢萌的布偶女生相差甚远。她活得像一颗珍贵的夜明珠。

在一个寒冷的冬天，阿念找了个得空的下午去了地铁口，一路坐了七站才到终点。她积累了许久的勇气，才终于敢去见他一面。

　　她穿着套装和高跟鞋，小心翼翼地经过闸口，走到便利店门口，她企图要找到那个日夜都出现在她脑海中的影子，然后告诉他自己从来没有忘记过他。

　　但站在柜台后面的却是一个陌生的小青年，一副温柔腼腆的样子。便利店冷冷清清，生意依旧不好，那男生看到了她，露出一个很有礼貌的微笑："您好，请问您要点什么呢？"

　　"没什么。"她朝对方笑了笑，走了几步出去又转过头来，"请问你是这家店的老板？"

　　"是的。"男生回答道。

　　"那之前这家店的老板呢？"

　　"我是从中介手里接的这家店，之前的老板我不太清楚。小姐您是在找人吗？"

　　"哦，没事了，谢谢你。"

　　他已经不在这里，阿念感到有些空虚，但，别无他法。

　　转让出便利店之前，苏谷去微博上寻了人。

　　他注册微博多年，却不善打理，关注自己账号的只有寥寥数十个粉丝。那段微博写好以后，他找了很多获得个人认证的微博博主，私信给他们，希望他们可以帮忙转发一下，但他人微言轻，根本没有人搭理他。

那年夏天，父亲病重，家里有年迈的母亲和还在念书的妹妹。他就想着转手了店铺，回家安顿好家人，再出来找份薪水更高的工作。

便利店营业的最后一周，苏谷让放假过来帮忙的妹妹先回了老家。而他自己日日站在收银台后面，直到地铁停运的时候才打烊离开。那时候他多希望一抬头就能看见她的影子，穿着可笑的公鸡装，蹒跚着从远处晃过来，屁股后面巨大又鲜艳的羽毛会跟着身体晃动。远远看过去，可爱极了。

然后他就会很慎重地问她一个他在心里练习了很多遍的问题："我要离开一段时间，你可以等我吗？"

但那个女孩在后来一直没有出现。他期待她的出现，期待到生出了幻觉。有一次在恍惚中看到了公鸡装的尾巴，他心中一喜，激动地跑了出去才发现只是一个抱着玩偶的女生而已。

从来都是想得到却未曾得到的感情才最动人心魄。

那条发出去的阅读量只有几十次的微博是这样写的：有没有人认识之前每天在十一号线上做地推的女孩？她穿着公鸡装，胸口有个二维码。我在碧头站开了家便利店，如果有人认识她，请转告她，我真的很喜欢她。

阿念失魂落魄地走出了地铁站，直到旁边人提醒她，她才听见从包里传来的电话铃声。是王飞打来的，约她吃饭。父母在年初替她安排了相亲，王飞的父亲是公司的老客户，他们彼此门当户对，学识相当，很合双方老人家的口味。阿念觉得若是找不到那个令她动情的人，就这样不咸不淡地交往下去，也许会有圆满的结局。

那个彬彬有礼的绅士开车来地铁站接她，他们要去一家提前半个月才定得到位置的餐厅吃饭，绅士一边开车一边无心地问她："哎，我妈让我问你，订婚宴的话你想在国内办还是去国外办？"

阿念没有回话，将头靠在了玻璃窗上。这里已经落了一天的雨，汽车飞驰，将地面上的泥水溅到一个拖着蓝色行李箱的路人身上。

她满怀失落，无心觉得抱歉，抬头看漫天乌云遮住了夜空，连一颗星星都看不见。

苏谷在冷雨里拖着行李箱向地铁站的入口走去，一不小心就被一辆路过的小车溅了一身的泥水。他刚刚抵达深圳，安排好了母亲，送妹妹回到学校念书，一切都刚刚步入正轨。

而明天，他就要去一家公司面试程序员的职位，赚得一份糊口的薪水。所以他不知道未来会如何，是好还是坏，也不知道会不会再遇见那个他可能永远都忘不掉的人。

他一直都在想她。

在这本书里，我讲了很多有关爱情和分离的故事。所以在结束的时候，我想说的是这本书里隐藏的另外一个主题——自我。

2018 年，我在某家行业内领先的互联网企业做着一份关于运营的岗位。我在每天清晨六点醒来，微信里会堆积着很多广告公司和销售的问题，并且在晚上休息之前，这些事情会不断地涌进我的手机和信箱。

你们有没有经历过那种刚睁开眼事情就噼里啪啦拍在脸上，如果不处理就会一直扇你耳光的那种感觉？

工作偷走了我的时间，让我在很长一段时间里都想不起来自己到底是谁，想要做什么。我没有时间运动娱乐，没有时间去陪伴家人，更没有时间写完一直想写完的书。

我仿佛沦为一只手脚都被牵着线的木偶，被无数的事情推着向前走，走向一个自己都不知道的地方。我只能在每天夜里回家的路上听着谢春花的那首《借我》，并且假装自己依然还有着梦想。下雨的时候眼眶会莫名潮湿，却始终想不清楚自己的梦想是什么。

是的，我失去了自我。

而更令人畏惧的是，我们看重的爱情、家人、事业，甚至是友情，总是在不断要求我们要牺牲掉自己的一部分，仿佛是从一个个巨大的泥沼里伸出的手，冷不防地从身后抓住了你，往下一拽从此坠入深不见底的泥潭。

你很难在这汪泥潭里做到独善其身。

你需要无时无刻地保持清醒，明白自己到底是个怎样的人，自己想要去做什么。

你需要无时无刻地保持客观公正，明白你在为其他事付出一切之前，首先要满足的应该是自己。

你需要明白，很多人和事在你的人生中注定是会被辜负的，因为你最不想辜负的人就是自己。

这不是自私。拥有一个完整而独立的灵魂，极其难得，却又极其美好。

要找回自我是一件极其艰难的事，也从来不晚。

若你也能做到像我一样挣扎和呐喊。

不在爱情和生活里迷失自我，是我想通过这本书传递的一种能量，所以，这本书也可以说是写给所有失去过的人的勇气之书。希望每一个经历过低谷的人，都还能够找到自己的人生、找到完整的自己。

我很高兴能将这本书整理与出版，这离不开天麦团队的大力支持，也要感谢李响、段年落对本书的全程监制；感谢胡宏烨、田海艳对这本书的出版和宣传所给予的支持；感谢摄影人海螺壳为本书提供封面图片；感谢格·创研社参与本书的装帧设计。有了大家的努力，这本书才可以更好地呈现在读者面前。

　　最后，希望每一个看过这本书的人都能够明白爱的意义与自我的价值。

2018 年 6 月 19 日